比较文学与世界文学 研究丛书

主编 曹顺庆

三编 第 **15** 册

钱钟书《管锥编》入门（之二）
《楚辞》篇（下）

周 敏 著

花木兰文化事业有限公司

国家图书馆出版品预行编目资料

钱钟书《管锥编》入门（之二）《楚辞》篇（下）／周敏 著——
初版 -- 新北市：花木兰文化事业有限公司，2024〔民 113〕
目 2+146 面；19×26 公分
（比较文学与世界文学研究丛书 三编 第 15 册）
ISBN 978-626-344-814-8（精装）
1.CST：钱钟书 2.CST：管锥编 3.CST：楚辞 4.CST：学术思想
810.8   113009372

ISBN-978-626-344-814-8

比较文学与世界文学研究丛书
三编　第十五册　　　　　　　　ISBN：978-626-344-814-8

钱钟书《管锥编》入门（之二）
《楚辞》篇（下）

作　　者 周　敏
主　　编 曹顺庆
企　　划 四川大学双一流学科暨比较文学研究基地
总 编 辑 杜洁祥
副总编辑 杨嘉乐
编辑主任 许郁翎
编　　辑 潘玟静、蔡正宣　美术编辑 陈逸婷
出　　版 花木兰文化事业有限公司
发 行 人 高小娟
联络地址 台湾 235 新北市中和区中安街七二号十三楼
　　　　　电话：02-2923-1455 ／传真：02-2923-1452
网　　址 http://www.huamulan.tw 信箱 service@huamulans.com
印　　刷 普罗文化出版广告事业
初　　版 2024 年 9 月

定　　价 三编 26 册（精装）新台币 70,000 元　　　版权所有 请勿翻印

钱钟书《管锥编》入门（之二）
《楚辞》篇（下）

周敏 著

目

次

钱钟书论《远游》之"传道受道"

《管锥编——楚辞洪兴祖补注》第十三则之四

《管锥编——楚辞洪兴祖补注》第十三则共论述了五个问题，此为第四个问题："传道受道"。

【"道可受而不可传"】

"曰：'道可受而不可传'"是屈原《远游》中的一句诗。

《远游》一开头就交待了远游的原因："悲时俗之迫阨兮，愿轻举而远游。"对恶浊朝廷的迫害充满悲愤，只得去远游了。到哪里远游呢？"托乘而上浮"，去的是天上，是人们所崇仰的神仙世界。

因此，这里的"道"不是道家之"道"，也不是儒家之"道"，而是道教之"道"。

"曰"是说，是谁说的呢？，洪兴祖、朱熹、汪瑗、王夫之、蒋骥等均言：曰者，王子之言也。王子即王子乔。姜亮夫写得更明确：曰者，王子乔之言也。

王子乔为东周第 11 代国王周灵王太子，名晋，字子乔，约生于公元前 565 年，卒于公元前 549 年。

《列仙传》记载，太子晋好吹笙，作凤凰鸣，游伊、洛间，道士浮丘生引上嵩山，二十年后见到同乡恒良，太子晋说："可告我家，七月七日会我于缑氏山麓"。其时，果然身乘白鹤立于山巅，可望而不可达，数日方去。

"道可受而不可传"是得道成仙的王子乔所说的话。

"可受"，可以接受，可以得到。"不可传"，不可以用语言来传达。

《远游》那几句诗如下——

曰"道可受兮，不可传；

其小无内兮，其大无垠。

毋滑而魂兮，彼将自然；

壹气孔神兮，于中夜存。

虚以待之存，无为之先；

庶类以成兮，此德之门。"

上面几句诗译文——

王子乔说：

"道可以从内心感受，不可以口耳相传。

说它小则无处不可容纳，说它大则大到无边无沿。

不搅乱你的神魂，它就自然而然地出现。

这一元之气非常神奇，半夜寂静之时方才可感。

要以虚静之心来对待它，不要万事只想着自己占先。

各类东西都是这样生成，这就是得道的门槛。"

从王子乔这段话可以想见，道教之道在求长生或永生。"小无内"、"大无垠"乃一元之气，乃天地之精华，人得之方能天人合一，达成长寿的目的。

但求取这一元之气，谈何容易。每个人层次不一，慧根不同，学力、悟力也不一样。心境不同，感应不同，效果也不一样。

更何况，这一元之气，半夜心静时才出现，是可遇而不可求的。

因此，王子乔说：你想得道成仙吗？完全要靠自己去体会、领悟，是不可用语言来传授的。这里有合乎情理的养生之道，也笼罩有故弄玄虚的神秘色彩。

当然，永生是绝无之事；长寿却是可求之事。

【屈原之"道"有别于庄子之"道"】

钱钟书认为：在"传道受道"问题上，屈原和庄子貌同而心异，即看起来相同，其实不一样。

屈原信奉的是道教之"道"，得"道"是指通过养气、养生而成仙。屈原《远游》诗："曰：'道可受兮不可传'"，是传说中得道仙家王子乔的语录。

由此可见，屈原之"道"乃道教之"道"，神仙之"道"。

庄子之道是道家之道，得"道"是指忘怀一切，归于寂静，与万物为一。

《道德经》说"为学日益，为道日损。损之又损，以至于无为"。"求学"

和"求道"是两条相反的路径。求学是加法,日积月累以臻丰富;求道是减法,清除心中的欲望烦恼,情感牵挂以及一切世智机心。

可见,屈原之"道"是道教之"道",庄子之"道"是道家之"道",二者的旨归是决然不同的:前者追求不死,后者视死如归。

【屈原"道可受"和庄子"道可传"意思相同】

对比一下屈原和庄子的"传道受道"。

屈原曰:道可受兮不可传;

庄子曰:道可传而不可受;

表面上看,屈原之言和庄子之言措辞正好相反。

钱钟书引用并认同洪兴祖《补注》对屈原和庄子貌似相反的两句话所进行的诠释:屈原的"道可受"是受以心,庄子的"道可传"也是传以心。

因此,钱钟书说:"故屈之'受',即庄之'传'"。屈原之言"道可受"和庄子之言"道可传"只是用词有别,意思是一样的,表达的是:心是"道"的载体,心是能够得"道"的。

可见,屈原"道可受"和庄子"道可传"表达的是一个意思,措辞不同,观点相同。但"道可受"和"道可传"只是屈原和庄子之言的前半句话。前半句话意思相同,并不等于全句意思相同。

【屈原"道可受兮不可传"和庄子"道可传而不可受"意思不同】

如前所述,屈原之"道可受"和庄子之"道可传"是一个意思,那么,屈原"道可受兮不可传"和庄子"道可传而不可受"是不是一个意思呢?回答是否定的,因为二者的后半句话意思不同,屈原之言和庄子之言整体意思就不可能相同。

钱钟书说:

窃谓庄、屈貌同心异。

钱钟书以为,庄子之言和屈子之言看起来相同,实际上不同。

庄之"受"却异于屈之"传",屈之"不可传"谓非语言文字所能传示,庄之"不可受"乃谓无可交付承受,得道还如未得。

屈原所言之"道":

《远游》一诗,屈原写的是想像中的天上远游,折射了他现实无路可走而求仙的理想追求。诗中有大量的神仙灵怪,先后有太皓、西皇、颛顼等四方上帝；有雷神丰隆、木神句芒、风神飞廉、金神蓐收、火神祝融、洛神宓妃、湘水之神湘灵、海神海若、河神冯夷、水神玄冥、造化之神黔瀛等各类正神；有玄武星、文昌星等星官，有赤松子、傅说、韩众、王乔等仙人，有八龙、凤凰、鸾鸟、玄螭、虫象等神话动物；有汤谷、阊阖、太微、旬始、清都、太仪、微间、寒门、清源等神话地名，迷离惝恍，令人目不暇接，心驰神摇。

屈原对仙界无比渴慕向往，但找不到门径。

屈原对楚国嫉贤忌能、迫害忠良的朝廷失望之极，他唯一的办法是离去。但他深深眷恋和热爱自己的祖国，无法割舍和背弃。《远游》一诗所描写的远游，更多的是想像，想像在神道怪异之间，在云光霞影里，与众多的天上神祇为伴。苦于得不到神仙的传示和导引，最后不得不回到苦难黑暗的世俗，这就造就了屈原一生的悲剧命运。

屈原《远游》援引仙人王子乔之语"道可受兮不可传"，说明神仙也不能够用语言文字来传示，不能具体指明，用什么方法、通过什么途径可以得道成仙。

庄子所言之"道"：

庄子道"不可受"，强调对"道"的领悟是纯粹个人经验，它关涉两方面，是有"道"者没有什么东西可以交付，寻"道"者也没有什么东西可以接受，因此，达到了"道"的境界一如没有达到。

按补注引《庄子》语，见《大宗师》；"不可受以量数"亦即《天运》言孔子"求之于度数"而"未得"道。

在《庄子——天道》篇有轮扁斫轮的故事：轮扁善斫轮，但对于轮扁来说，斫轮是他纯个人的经验，斫轮的分寸、力度、快慢等技巧无法传授给别人，包括他自己的孩子。这里的分寸、力度、快慢等即是庄子的"量数"或孔子的"度数"。

老子也说：

"使道而可以告人，则人莫不告其兄弟；使道而可以与人，则人莫不与其子孙，然而不可也。……"

庄子和老子是一致的：

其意正《知北游》："道不可闻，闻而非也，道不可见，见而非也，道不可言，言而非也"

庄子提倡的修"道"法门是心斋和坐忘。

《庄子——大宗师》："知天之所为，知人之所为者，至矣。"

郭象的注解说："知天人之所为者，皆自然也，则内放其身，而外冥于物。"就是说，到达这个境界就是得道了。得道的人呢！"则内放其身"，没有身体的障碍，忘怀身体的观念；"而外冥于物"，外面呢？跟物理世界达到心物一元，融为一体。

庄子所言道家之道，终极结果是忘怀一切，心寂如空，授道者没有什么可以交付，学道者也没有什么东西可以接受。修"道"之方法和途径也只能是个人体验和领悟，而无法具体教授。

附录：《管锥编——楚辞洪兴祖补注》第十三则之四

《远游》（四）传道受道

"曰：'道可受兮不可传'"；《注》："言易者也；一曰：云无言也，诚难论也"；《补注》："谓可受以心，不可传以言语也。《庄子》曰：'道可传而不可受'，谓可传以心，不可受以量数也。"按补注引《庄子》语，见《大宗师》；"不可受以量数"亦即《天运》言孔子"求之于度数"而"未得"道。其意正《知北游》："道不可闻，闻而非也，道不可见，见而非也，道不可言，言而非也"；释氏所谓："无一法可得"，"无智亦无得"，"不得一法，疾与授记"（《宗镜录》卷四引"古教"）。王应麟《困学纪闻》卷一〇云："庄子所谓'传'，传以心也；屈子所谓'受'，'受'以心也。目击而存，不言而喻。耳受而口传之，离道远矣！"实亦不外《补注》之意。虽然，窃谓庄、屈貌同心异。庄继曰："可得而不可见"，复历举稀（即犬旁）韦氏以下"得之"之例，皆寓言也。征之《天运》，孔子求道于度数、阴阳而不能得，老子告之曰："使道而可以告人，则人莫不告其兄弟；使道而可以与人，则人莫不与其子孙，然而不可也。……由中出者，不受于外，圣人不出；由外入者，无主于中，圣人不隐。""不出"、不授也；"不隐"、不受也。故屈之"受"，即止之"传"，亦即韩愈《五箴·言箴》所谓"默焉而意已传"。庄之"受"却异于屈之"传"，屈之"不可传"谓非语言文字所能传示，庄之"不可受"乃谓无可交付承受，得道还如未得。《齐物论》曰："庸讵知吾所谓知之非不知耶？庸讵知吾所谓不知之非知耶？"又《知北游》曰："弗知乃知，知乃不知"；《维摩诘所说经·菩萨品》第四曰："菩提者，不可以身得，不可以心得"；《肇论·般若无知论》第三曰："圣智之无者，无知：惑智之无者，知无。"盖神秘宗之公言也。

〔增订四〕《五灯会元》卷一一李端愿居士章次："偈曰：'及其有知，何异无知。'"

参观《老子》卷论第四〇、五六两章。

钱钟书论《远游》之"虚以待之"

《管锥编——楚辞洪兴祖补注》第十三则之五

《管锥编——楚辞洪兴祖补注》第十三则共论述了五个问题，此为第五个问题："虚以待之"。

"虚以待之"，谈论的是一种处事方法，亦是养心之道。

"虚以待之兮，无为之先"是屈原《远游》中的一句诗；

对此诗句，洪兴祖《补注》曰：

"庄子曰：'气者，虚而待物者也'；此所谓'感而后应，迫而后动，不得已而后起。'"

钱钟书告诉我们，"感而后应，迫而后动，不得已而后起。"这三句话出自《庄子·刻意》篇。二句话的宗旨是不做预谋，被动应事。

人生在世，内外事务繁杂，往往牵扯过多，且纠缠冲突，人被裹挟其中难以自拔，精力被消耗殆尽，岁月也被无情带走，如白驹过隙，倏忽少年而青年，青年而中年，中年而老年，蓦然回首，碌碌无为，一片惘然。如何摆脱俗务，挤出尽可能多的余暇去追求自己的夙愿和喜好，并享受清闲，是修道者以及一切珍视生命质量和品味的人所共同关心的。

"虚以待之"就是屈原、庄子等先哲教给我们的一种处事方法和养心之道。

人是社会关系的总和，一身系于家庭、系于亲朋、系于职场（或政坛）、系于社会，千头万绪，物质需求和精神需求是一定存在的，事来必须妥善处理，尽管劳心费力当在所不辞，自不在话下。

问题是，人更多的牵累往往来自于多虑，来自于揣想。"人生不满百，常怀千岁忧"，事情尚无端倪，就种种猜测、种种设想，甚至预做方案、预做准备。此种人常处焦虑、操心之中，常为无事而累。届时，担心之事或子虚乌有，或面目全非，所有预想和方案均为瞎子点灯白费蜡，这种习性十分不明智。

正是针对这种情况，先哲提倡"虚以待之"的应事策略。

我以为，人生事大约可以分成两类：

一类是一个人生存和发展的最主要事务和目标。此类事当然适用"预则立不预则废"的古训，要周密谋划，未雨绸缪；

另一类是生活进程中临时发生的或将要面临的琐事，是大量的不期然而然又不得不处理的碎事。要想活得轻松、超脱一些，改变多虑、累心的苦状，可采用"虚以待之"的策略。

"虚以待之"不是茫然无知，毫无定见，遇事仓卒应对，相反，"虚以待之"必须具备三观良好，据道德准心、持法律准绳、有判断处事能力。如此，对大量的琐事方可虚位以待，怡然心空，心中不预先装事，事来便临机处置，兵来将挡水来土掩，以不变应万变。

其情形，明 冯应明《菜根谭》有精到的描述：

风来疏竹，风过而竹不留声；雁渡寒潭，雁渡而潭不留影。故君子事来而心始现，事去而心随空。

处理大、小琐事又需果决，正如明 吕坤《呻吟语——应务》所言：

论眼前事，就要说眼前处置，无追既往，无道远图。

果决人似忙，心中常有余闲；因循人似闲，心中常有余累。君子应事接物，常赢得心中有从容闲暇时便好，若应酬时劳扰，不应酬时牵挂，极是吃累底。

人生苦短，却庸事、杂事、碎事众多，不胜其烦。如果学会了"虚以待之"的应事策略，裁剪掉不必要的预设和多虑，纷繁来到目前便一一果决处置，可解事累、心累之烦。

钱钟书援引古籍加以印证：所谓"莫安排"，所谓"勿为事始，事来然后应之，不先以事累吾心也。"其旨一也。

附录：《管锥编——楚辞洪兴祖补注》第十三则之五

《远游》（五）虚以待之

"虚以待之兮，无为之先"；《补注》："庄子曰：'气者，虚而待物者也'；

此所谓'感而后应,迫而后动,不得已而后起。'"按"感而后应"三语亦出《庄子·刻意》篇。《易·随》卦《象》曰:"动而说随",《史记·老子、韩非列传》曰:"虚无因应",《清波杂志》卷九记胡安国教徐积曰:"莫安排",均此旨。许月卿《先天集》卷七《书〈楚辞〉后》凡七则,有说此句云:"两'之'字当作一样看,犹言勿为事始,事来然后应之,不先以事累吾心也。"

"下峥嵘而无地兮";《补注》:"颜师古曰:'峥嵘,深远貌也。'"按别详《史记》卷论《司马相如列传》。

钱钟书论《卜居》之"突梯"

《管锥编——楚辞洪兴祖补注》第十四则

《管锥编——楚辞洪兴祖补注》第十四则《卜居》，副标题为《"突梯"》。

钱钟书此则训诂"突梯"。

"突梯"是屈原《卜居》中的一个词，注家大都不能解。

在《卜居》中，和"突梯"相连的还有"滑稽"一词，二词并列组成一个短语词组"突梯滑稽"，钱钟书将这两个词放在一道进行训诂和讨论。

《卜居》那句诗是这样的：

宁廉洁正直以自清乎，将突梯滑稽，如脂如韦，以洁楹乎？

译文：

是宁愿廉洁正直来使自己清白呢，还是圆滑求全，像脂肪（一样滑）如熟皮（一样软），来保全自己的面子和官位呢？

"突梯"和"滑稽"是同义词，两个词是同一个意思，即：委婉顺从，圆滑而随俗。

从表达的角度，两个词任选一个就可以了。那么，为何要用两个词呢？

一方面，是音节上考虑，"突梯滑稽"四个音节和后面四个音节"如脂如韦"、"以洁楹乎"相连接就比较匀称、和谐；另一方面，两个同义词叠加可加重语气，更表明了诗人对"圆滑、油滑"的憎恶。

更加值得关注的是，钱钟书在此揭示了屈原诗中"突梯滑稽"这个用词所蕴含着的声韵美，这是汉字所特有的音乐性。

文廷式认为，"突梯滑稽"是双声叠韵。

何谓"双声"？何谓"叠韵"？

答：两个字声母相同谓之双声，两个字韵母相同谓之叠韵。

"滑稽"二字，今读 hua ji（音为华机），古读 gu ji（音为骨机）。

"突梯滑稽"四个字——

"突"（tu）和"梯"（ti），声母都是 t，是双声；

"突"（tu）和"滑"（gu），韵母都是 u，是叠韵；

"梯"（ti）和"稽"（ji），韵母都是 i，是叠韵；

汉字的声韵是两个字构成一个节奏点，以上一、三"突"和"滑"，二、四"梯"和"稽"押韵，均在节奏点上，所以读起来朗朗上口。加上一、二字"突"和"梯"双声，既参差又对称。

可见，这里两个同义词并列，在音韵上构成了双声且叠韵，达成了音律谐和的音乐美。

钱钟书赞成文廷式对"突梯滑稽"是双声叠韵的提示，同时指出文廷式尚没有把"突梯滑稽"的妙处完全揭示出来。

于是，钱钟书补充说，把"突梯"和"滑稽"两个意思相同的词并列，不仅是"变文叠韵"，而且是"互文同意"。

所谓"变文叠韵"：

如果说"突梯"是原文，那么"滑稽"就是变文，"突梯"和"滑稽"文辞不同，意思一样，称为"变文"，尔后"突梯"和"滑稽"并列形成叠韵。此音乐般的妙处已如上述。

所谓"互文同意"：

互文，是古诗文的一种修辞方法。

上下两句或一句话中的两个部分，分别看都有所省略，连成一气看则互相渗透、互相补足。

如：心狠手辣。"心狠"省略了"辣"字，实际是，心肠既狠且辣；"手辣"省略了"狠"字，实际是，手段既狠且辣。但心和手不同，心肠既狠且辣和手段既狠且辣意思是不一样的。这样的互文称为互文异意。

而"突梯"和"滑稽"虽然也是互文，却是意思完全相同的互文，钱钟书谓之"互文同意"。

谁能料到，"突梯"这一晦涩难解之词一经和"滑稽"并列，竟然蕴含着由双声叠韵和互文巧妙组合而成的既参差又对称的语言美！

不得不惊叹，古人运用汉字之精妙！不得不钦佩，钱钟书常常见人所未见，对学问之"管锥"是多么的不同凡响！

钱钟书最后写道：

"突梯滑稽。"按"滑稽"之解，别详《史记》"突"、破也，"梯"，阶也，去级泯等犹"滑稽"之"乱碍"除障，均化异为同，所谓"谐合"也。

钱钟书解"突梯"为去级泯等，即削平阶梯之障；"滑稽"为乱碍除障，即清除平地之碍，意思是让人削平阶梯，清除心障，自降身价，磨平棱角，以趋炎附势。"突梯""滑稽"二词还是有微微之别的，二词的共同点是化异为同，即放弃节操，迁就恶俗。

屈原《卜居》那句诗是反问。屈原对"圆滑""油滑"那一套是深恶痛绝的，绝不会同流合污。

附录：《管锥编——楚辞洪兴祖补注》第十四则

《卜居》"突梯"

"突梯滑稽。"按"滑稽"之解，别详《史记》卷论《樗里子、甘茂列传》。文廷式《纯常子枝语》卷九论双声叠韵形容之词，有云："注家未有能解'突梯'者。余按'突'、'滑'、'梯'、'稽'皆叠韵，'突梯'即'滑稽'也，变义以足句。"是矣而未尽。倘依邹诞之释"滑稽"，则匪止变文叠韵，且为互文同意。"突"、破也，"梯"，阶也，去级泯等犹"滑稽"之"乱碍"除障，均化异为同，所谓"谐合"也。

钱钟书论《九辩》之"赋秋色"

《管锥编——楚辞洪兴祖补注》第十五则之一

《管锥编——楚辞洪兴祖补注》第十五则共论述了两个问题，此为第一个问题：赋秋色。

【赋体之兴】

赋比兴是古诗文常用的表现手法。兴就是诗文的开头。这个开头倘若用比喻的办法就是含比之兴，这个开头倘若用直陈其事的办法就是"赋体之兴"。

李仲蒙说"六义"，有曰："叙物以言情，谓之'赋'。《九辩》之旨在"赋秋色"以言情。

钱钟书说，《九辩》之一、三、七皆写秋色，其一尤传诵。

其一如下：

悲哉，秋之为气也！

萧瑟兮草木摇落而变衰，憭慄兮若在远行，登山临水兮送将归。泬寥兮天高而气清，寂寥兮收潦而水清。憯凄增欷兮薄寒之中人，怆怳懭悢兮去故而就新。坎廪兮贫士失职而志不平，廓落兮羁旅而无友生，惆怅兮而私自怜。燕翩翩其辞归兮，蝉寂寞而无声。雁雍雍而南游兮，鹍鸡啁哳而悲鸣。独申旦而不寐兮，哀蟋蟀之宵征。时亹亹而过中兮，蹇淹留而无成。

译文：

悲凉啊，这暮秋的气象！

风瑟瑟，草木凋零转枯黄，心凄凉，恰似游子在远方，登山临水啊，送别友人归故乡。碧空万里啊，大气空明又清爽，寂寥平静啊，川水清澈澄明。悲伤叹息，不堪微寒袭人，恍惚惆怅，离乡远去他地。路坎坷，贫士丢官愤难平，境寂寥，客居他乡无相亲，心惆怅啊，我自伤情。燕子翩然归故里，蝉儿寂寞哑鸣唱。大雁雍雍向南飞，鹍鸡啁哳我心伤。长夜难眠至天亮，蟋蟀夜鸣增悲情。时光流逝岁已半，滞留他乡功不成。

宋玉选用秋天之天地山川，秋天之植物飞禽，逐一描写，极力铺排，凄清婉约，以寄寓人事之悲，寒士之凉。

王夫之说：《九辩》"其词激宕淋漓，异于风雅，盖楚声也。后世赋体之兴，皆祖于此。"（《楚辞通释》）

《九辩》是一首文采斐然、声情凄迷的杰作。"赋秋色"，就是描写、铺陈秋色以表达寒士情愫。通过借景抒情，寓情于景，表达作者不与黑暗现实同流合污，宁穷而守洁的寒士节操。

我国封建文人所共有的"悲秋抒怀"的文思，均来源于《九辩》。汉武帝《秋风辞》、曹操《步出夏门行》、曹植《秋思》、曹丕《燕歌行》、潘岳《秋兴》，……流波余霭，不绝如缕。

王夫之认为，用赋体起兴，梳理诗文源流，宋玉的《九辩》是其肇端。

刘勰认为赋秋抒情起源还要早，其《文心雕龙——诠赋》曰："然则赋也者，受命于诗人，而拓宇于《楚辞》也。"说赋起源于诗经，到楚辞时扩大了它的规模。此乃又一说。

【物逐情移 境由心造】

钱钟书说，"盖宋玉此篇貌写秋而实写愁"，但他话锋陡转，"然物逐情移，境由心造"。

认为景物之可喜可悲是随着人的感情而变的，外在景物的情感色彩是人为创造的。

苟衷肠无闷，高秋爽气岂遽败兴丧气哉？

——倘衷肠无闷，高秋何悲？！

戎昱《江城秋夜》不云乎："思苦自看明月苦，人愁不是月华愁"；

——思苦则月苦，人愁则月愁。

晁说之《嵩山集》卷七《偶题》亦云："夕阳能使山远近，秋色巧随人惨舒。"

——人惨则秋惨，人舒则秋舒。

"物逐情移，境由心造"的反面例证是因秋而喜，刘梦得诗、叶梦得词皆赞秋景堪美、堪喜：

故"自古逢秋悲寂寥，我言秋日胜春朝"，发为刘梦得之《秋词》：

'何人解识秋堪美，莫为悲秋浪赋诗"，见于叶梦得之《鹧鸪天》。

更端以说，即换一个角度，不谈秋景，转谈春景。通常以春景为可喜可乐，但愁郁之人却因春而悲。

陆机《春咏》："节运同可悲，莫若春气甚"；

韩愈《感春》："皇天平分成四时，春气漫诞最可悲"；

吴融《楚事》绝句："悲秋应亦抵伤春，屈、宋当年并楚臣；何事从来好时节，只将惆怅付词人？"自注："屈原云：'目极千里伤春心'"

由此，钱钟书在多维考察后，言之凿凿地阐发"物逐情移、境由心造"的内涵：

盖言节物本"好"而人自"惆怅"，风景因心境而改观耳。

一年二十四节气，景随气改，孰喜孰悲，本无定准，随人们的遭遇心境而变换。

人们通常皆以为人遇秋而愁，实际上，是人因心愁而见秋悲，说见秋生愁是因果倒置了。

秋本无悲，人自悲耳；春本不喜，人自喜耳。

此外，潘岳《秋兴赋》初心是写愁，结果信马由缰，逐渐变成了游览娱乐之作，所以，钱钟书笑他乱写一气：

"泉涌湍于石间兮，菊扬芳于涯滋；澡秋水之涓涓兮，玩游儵之潎潎：逍遥乎山川之阿，放旷于人间之世"。

张衡《东京赋》则说，春与秋均宜抒写喜心：

"既春游以发生，启诸蛰於潜户；度秋豫以收成，观丰年之多稌"。

江淹《别赋》言春与秋乃至四时，均足黯然销魂：

"或春苔兮始生，乍秋风兮暂起"。……淹《四时赋》更明言人苟心有怆忆，"四时足伤"，"四时皆难"。

而且，不仅四时景物随着人的心情而变，乡土之念也随着人的心情而改。

偏寓僻地远离故乡，本是孤独凄凉之境，然人逢喜事精神爽，只要仕途顺遂，生活安逸，则游目骋怀，皆是喜气，江西、巴南虽远，却感觉不异于帝乡：

白居易《代春赠》："山吐晴岚水放光，辛夷花白柳梢黄；但知莫作江西意，风景何曾异帝乡？"；

——轻薄的雾气盘绕在远处的山间，山下的河水泛着粼粼波光。河边开着白色的辛夷花，柳树也抽出了嫩黄色的枝条。虽然知道这里已经不是江西的地界，但是这秀丽的风景跟故土又有谁能分得清呢？

白行简《在巴南望郡南山》："临江一嶂白云开，红绿层层锦绣斑；不作巴南天外意，何殊昭应望骊山？"

——在长江边，有一座秀丽的翠屏山，白云悠悠，江水碧绿，山影苍翠。这是巴南忠州的绝佳圣地，风景不逊色于长安城里著名的郦山。

【"拟物"与"寓物"】

赋是叙物以言情，叙物是手段，目的在言情。如何叙物呢，钱钟书给出答案。

钱钟书指出：

悲愁无形，侔色揣称，每出两途。

悲愁乃感情之一，本是无形的，如何恰到好处地表现它呢，不外两种方法。哪两种方法呢？

或取譬于有形之事，……是为拟物。

——把无形之情比喻成有形之物，或有形之状，或有形之举：如《诗·小弁》之"我心忧伤，怒焉如捣"，我心忧伤，像有东西在撞击；《悲回风》之"心踊跃其若汤"，心潮涌动像煮沸的汤一样翻滚。

拟物，就是用具体可感的有形之物来比喻心理、情感、意境等无形之意。

或摹写心动念生时耳目之所感接，不举以为比喻，而假以为烘托，使读者玩其景而可以会其情，是为寓物；

——并非把无形之情比喻成有形之物，而只是描写产生某种情愫的所见所闻所感，并以之作为烘托，使读者通过景物的观感来更深刻地体会作者的情感。

寓物，就是选取特定物事，在一定的语境和组合中使物中含情，让人见诸描写受到感染而自然生情。如马致远《天净沙》云："枯藤、老树、昏鸦，小桥、流水、人家，古道、西风、瘦马，夕阳西下——断肠人在天涯！"通过那些荒凉凄清景物的并置，渲染、烘托出游子天涯飘零的孤寂愁楚之情。语言凝练，却意境旷远。

钱钟书由此一转，打通中外：

二法均有当于黑格尔谈艺所谓"以形而下象示形而上"之旨。

钱钟书说，赋之叙事无论是"拟物"还是"寓物"，都是用形而下的具体物事来表现形而上的心态和情意。

附录：《管锥编——楚辞洪兴祖补注》第十五则之一

《九辩》（一）赋秋色

　　《九辩》之一、三、七皆写秋色，其一尤传诵。潘岳《秋兴赋》云："善乎宋玉之言曰：'悲哉秋之为气也！萧瑟兮草木摇落而变衰，憭栗兮若在远行，登山临水送将归。'夫送归怀慕徒之恋兮，远行有羁旅之愤，临川感流以叹逝兮，登山怀远而悼近。彼四戚之疚心兮，遭一涂而难忍。嗟秋日之可哀兮，谅无愁而不尽"；又《艺文类聚》卷七载潘岳《登虎牢山赋》曰："彼登山而临水，固先哲之所哀，矧去乡而离家，邈长辞而远乖"；洵识曲听真者矣。盖宋玉此篇貌写秋而实写愁，犹史达祖《恋绣衾》之"愁便是秋心也"、或吴文英《唐多令》之"何处合成愁，离人心上秋"。虽历来旧说如《礼记·乡饮酒义》："秋之为言愁也"，《白虎通·五行》："秋之为言愁亡也。"然物逐情移，境由心造，苟衷肠无闷，高秋爽气岂遽败兴丧气哉？戎昱《江城秋夜》不云乎："思苦自看明月苦，人愁不是月华愁"；晁说之《嵩山集》卷七《偶题》亦云："夕阳能使山远近，秋色巧随人惨舒。"故"自古逢秋悲寂寥，我言秋日胜春朝"，发为刘梦得之《秋词》："何人解识秋堪美，莫为悲秋浪赋诗"，见于叶梦得之《鹧鸪天》。更端以说，陆机《春咏》："节运同可悲，莫若春气甚"，韩愈《感春》："皇天平分成四时，春气漫诞最可悲"，与宋玉之"悲哉秋气"，仁智异见，左右各祖矣。吴融《楚事》绝句早拈《楚辞》本地风光，屈、宋自家物事，以解蔽通邮："悲秋应亦抵伤春，屈、宋当年并楚臣；何事从来好时节，只将惆怅付词人？"自注："屈原云：'目极千里伤春心'，宋玉云：'悲哉秋之为气。'"盖言节物本"好"而人自"惆怅"，风景因心境而改观耳。潘岳《秋兴赋》之乱曰："泉涌湍于石间兮，菊扬芳于涯漵；澡秋水之涓涓兮，玩游之儵之潋潋：逍遥乎山川之阿，放旷于人间之世"；始为造哀兴叹之资，终乃变而供游目赏心之娱，正如其《哀永逝文》所云："匪外物兮或改，固欢哀兮情换。"张衡《东京赋》："既春游以发生，启诸蛰於潜户；度秋豫以收成，观丰年之多余"；春与秋均足骋怀也。江淹《别赋》："或春苔兮始生，乍秋风兮暂起"，《文选》李善注："言此二时别恨逾切"，又春秋均足销魂也；淹《四时赋》更明言人苟心有怆忆，"四时足伤"，"四时皆难"。王勃《秋日饯别序》取宋玉、江淹语合为对偶曰："黯然别之销魂，悲哉秋之为气！"（参观骆宾王《萤火赋》："凄然客之为心乎！悲哉秋之为气也！"），以心境"黯然"，而风景"悲哉"。不独节令也，乡土亦正同然。白居易《代春赠》："山吐晴岚水放光，辛夷花白柳梢黄；但知莫作江西意，风景何曾异帝乡？"；白行简《在巴南望郡南山》："临江一嶂白云开，红绿层层锦绣斑；不作巴南天外意，何殊昭应望骊山？"悲愁无形，侔色揣称，每出两途。或取譬于有形之事，如《诗·小弁》之"我心忧伤，惄焉如捣"，或《悲回风》之"心踊跃其若汤"，"心鞿羁而不形兮"；是为拟物。或摹写心动念生时耳目之所感接，不举以为比喻，而假以为烘托，使读者玩其景而可以会其情，是为寓物；如马致远《天净沙》云："枯藤、老树、昏鸦，小桥、流水、人家，古道、西风、瘦马，夕阳西下——断肠人在天涯！"不待侈陈孤客穷途、未知税驾之悲，当前风物已足销凝，如推心置腹矣。二法均有当于黑格尔谈艺所谓"以形而下象示形而上"之旨。然后者较难，所须篇幅亦逾广。《诗》之《君子于役》等篇，微逗其端，至《楚辞》始粲然明备，《九辩》首章，尤便举隅。潘岳谓其以"四蹙"示"秋气"之"悲"，实不止此数。他若"收潦水清"、"薄寒中人"，"羁旅无友"、"贫士失职"、"燕辞归"、"蝉无声"、"雁南游"、"鹍鸡悲鸣"、"蟋蟀宵征"，凡与秋可相系着之物态人事，莫非"蹙"而成"悲"，纷至沓来，汇合"一涂"，写秋而悲即同气一体。举远行、送归、失职、羁旅者，以人当秋则感其事更深，亦人当其事而悲秋逾甚，如李善所谓春秋之"别恨逾切"也。李仲蒙说"六义"，有曰："叙物以言情，谓之'赋'"（参观《毛诗》卷论《关雎》），刘熙载《艺概》卷三移以论《楚辞》："《九歌》最得此诀。如'袅袅兮秋风，洞庭波兮木叶下'，正是写出'目眇眇兮愁予'来，'荒忽兮远望，观流水兮潺湲'，正是写出'思公子兮未敢言'来"；妙得文心。窃谓《九辩》首章尤契斯义。"叙物以言情"非他，西方近世说诗之"事物当对"（objective correlative）者是。如李商隐《正月崇让宅》警句："背灯独共余香语"，未及烘托"香"字；吴文英《声声慢》："腻粉阑干，犹闻凭袖香留"，以"闻"衬"香"，仍属直陈，《风入松》："黄蜂频探秋千索，有当时纤手香凝"，不道"犹闻"，而以寻花之蜂"频探"示手香之"凝"、"留"，蜂即"当对"闻香之"事物"矣。歌德名什《迷娘歌》咏思归而列举柠檬树花、黄金橘、蔚蓝天等故国风物以映发之，亦"事物当对"，正"叙物以言情"之"赋"耳。

钱钟书论《九辩》之"薄寒中人"

《管锥编——楚辞洪兴祖补注》第十五则之二

《管锥编——楚辞洪兴祖补注》第十五则共论述了两个问题，此为第二个问题"薄寒中人"。

"薄寒之中人。"是宋玉《九辩》中的一句诗。钱钟书就此训诂"中"字的含义。

钱钟书说：

按"中"如"中矢"、"中伤"之"中"，犹蜮"短弧"射影之"中"。"疾"字从"疒"从"矢"，合之蜮射之说，则吾国古人心目中之病魔以暗箭伤人矣。

"中矢"、"中伤"之"中"不读平声，读去声。"中矢"即中箭，"中伤"即把他人射伤，引申为诽谤他人。

蜮，传说中一种害人的动物，在水中含沙喷射人的影子使人生病，成语含沙射影由此而来。古人以为人患疾是病魔以暗箭伤人所致。

《水经注》称水含瘴气为恶水，无形，弥漫若箭，射中树则树死，射中人则人伤，名为"鬼弹"。

梁章钜关于"疾字"题云："'疾'之文从乎'矢'，来无向而中人甚疾"；

俞樾云："病魔来似空中箭"，自注："俗言'病来似箭'，此语深合'疾'字从'矢'之义。"

——病来如山倒，来势迅猛，仿佛空中之箭，不知从何而来。以上所引皆是从字源学的角度来解释"疾"字所从何来，从病，从矢。

矢而中，病魔之暗箭伤人，疾病便上身了。

"薄寒中人"就是寒气袭人，犹如暗箭射中人身，使人致病。

由此，钱钟书"打通"中外：

西方神话有相类者，不独爱情之神弯弓以射也；如荷马史诗即写日神降大疫，在空中发矢下射人畜。

附录：《管锥编——楚辞洪兴祖补注》第十五则之二

《九辩》（一）"薄寒中人"

"薄寒之中人。"按"中"如"中矢"、"中伤"之"中"，犹

蜮"短弧"射影之"中"。"疾"字从"（病字头）"从"矢"，合之蜮射之说，则吾国古人心目中之病魔以暗箭伤人矣。

〔增订三〕《水经注》卷三六《若水》："此水傍瘴气特恶。气中有物，不见其形，其作有声，中木则折，中人则害，名曰'鬼弹'。"弹与矢均张弓发以"中人"者也。梁章钜《制义丛话》卷八引胡天游十三岁作《疾》一字题云："'疾'之文从乎'矢'，来无向而中人甚疾"；俞樾《春在堂诗编》卷一三《张船山集有观我诗四首，拟作》之三《病》云："病魔来似空中箭"，自注："俗言'病来似箭'，此语深合'疾'字从'矢'之义。"

〔增订四〕《世说新语·文学》"左太冲作《三都赋》"条刘孝标注引《左思别传》载《赋》逸句，有"鬼弹飞丸以磳磕"。

西方神话有相类者，不独爱情之神弯弓以射也；如荷马史诗即写日神降大疫，在空中发矢下射人畜（he twang'd his deadly bow, /And hissing fly the feather'd fates below. /On mules and dogs the infection first began, /And last, the vengeful arrows fix'd in man）。王安石《字说》已佚，不识于"疾"字作底解会；阮元《揅经室集》卷一《释矢》只以弓矢之"矢"通矢溺之"矢"而已（shoot, shit; schiessen, scheissen）。

钱钟书论《九辩》之"雨露不均"

《管锥编——楚辞洪兴祖补注》札记第十六则

《管锥编——楚辞洪兴祖补注》第十六则《九辩》（二），副标题为《雨露不均》。

钱钟书此则此节论述皇天"雨露不均"，厚薄悬殊。

《九辩》之四："皇天淫溢而秋霖兮，后土何时而得漧！块独守此无泽兮，仰浮云而永叹"；

——皇天"秋霖""淫溢"，即秋雨下得太长，河塘都装不下而四处流溢了，"后土"（天雨覆盖下的广袤大地）何时能干爽？"块独""无泽"，即普天秋雨，河塘涨溢，独独这一方瘠地干旱无雨，草木尽枯。

王逸《注》："久雨连日，泽深厚也；山阜濡泽，草木茂也；不蒙恩施，独枯槁也。"

钱钟书解道：

按深讥雨露之不均沾也；然一若"块独"所"守"不属"皇天"、"后土"之所覆载而别有天地，岂"浮云"之"仰"，另有太空欤？

——此言"雨露不均"，即天道不公，或皇恩偏施，古时士大夫之慨叹也。

以下，钱钟书转论《九辩》此四句诗文笔：

"何时得漧"，乃苦雨也；"守此无泽"，又苦旱也。过接太骤，小似须补笔而语始圆顺者。

钱钟书以为，四句诗由"苦雨"陡转"苦旱"，似乎过接太快，强调为文需有中介、过渡方好。

钱钟书将"雨露不均"特别拈出，盖有感于皇恩自古偏狭，唯有少数人得利。

就《九辩》所写，宋玉所要表达的应该是：掌权得势的都是薄幸小人，奸臣当道，把持国柄，即雨泽淫溢；贫士一类贤人被弃置不用，心怀壮志宏才却不得施展，还受到小人的排挤、压迫，即瘠地无雨。在封建社会，贫士要想施展自己的抱负和才华，唯一地只有依托、借助皇权，只有获得皇帝老子的赏识和任用，英雄才有用武之地，所以，他们终其一生仰望苍天，看着白云在天空飘荡，巴望着何时甘霖能降落到自己头上。亦有少数逸士看穿仕途，及时隐退，如陶渊明、曹雪芹、蒲松龄、吴承恩之流，不乞皇恩，独辟蹊径，卓然傲立，用自己的心血创造出千年不朽的文学成就。

附录：《管锥编——楚辞洪兴祖补注》第十六则

《九辩》（二）雨露不均

《九辩》之四："皇天淫溢而秋霖兮，后土何时而得漧！块独守此无泽兮，仰浮云而永叹"；《注》："久雨连日，泽深厚也；山阜濡泽，草木茂也；不蒙恩施，独枯槁也。"按深讥雨露之不均沾也；然一若"块独"所"守"不属"皇天"、"后土"之所覆载而别有天地，岂"浮云"之"仰"，另有太空欤？"何时得漧"，乃苦雨也；"守此无泽"，又苦旱也。过接太骤，亦似须补笔而语始圆顺者。刘禹锡《竹枝词》曰："东边日出西边雨"，马戴《题庐山寺》曰："上方云雨下方晴"，分疏明白，则不妨无晴却有晴耳。

钱钟书论《招魂》之"招生魂"

《管锥编——楚辞洪兴祖补注》第十七则之一

《管锥编——楚辞洪兴祖补注》第十七则共论述了五个问题，此为第一个问题：招生魂。

钱钟书《招生魂》，厘清了以下两个问题：

第一，《招魂》的作者是谁？

第二，为什么说所招之魂是生魂？

不弄清这两个问题，便无法理解《招魂》。

【《招魂》作者是谁】

《招魂》作者是谁，历来有争论。

王逸认为《招魂》作者是宋玉，持相同看法的有朱熹。

《注》："宋玉之所作也。……宋玉怜哀屈原忠而斥弃，愁懑山泽，魂魄放佚，厥命将落，故作《招魂》，欲以复其精神，延其年寿。"按朱熹《楚辞集注》亦仍王逸说，归诸宋玉；

黄文焕、林云铭认《招魂》作者是屈原，持相同看法的有蒋骥、沈炯。

黄文焕《楚辞听直》、林云铭《楚辞灯》重申《史记》之说谓作者即是屈原，蒋骥《山带阁注〈楚辞〉》因之。

〔梁〕沈炯《归魂赋》即以"《招魂》篇"为"屈原著"。

萧穆《敬孚类稿》也认为，应该遵从《史记》，认定《招魂》的作者是屈原。

钱钟书对《招魂》的作者究竟是宋玉还是屈原做了深入的探讨。

钱钟书的思路很明确，大家一致认定《招魂》、《大招》作者不是屈原就是宋玉。那么，只要弄清所招之魂究竟是谁问题就迎刃而解了。

如果所招之魂是屈原，那么作者就是宋玉。如果所招之魂是楚怀王，那么作者极就是屈原。

萧穆认为，《招魂》"所招当即楚怀王魂，中间所述声色之娱、饮食之美，非弟子招师魂之道也。"

钱钟书予以赞同，认为所招之魂为楚怀王，而非屈原。

钱钟书从文本着手，在"尝试论之"以下，对《招魂》诗句进行了分析，来印证萧穆的观点。

其一，观《招魂》"上天下地，东西南北，靡所不招，绝无一言及于水，则其不死于沉可知也"；夫此篇虽招未死者之迷魂，而屈子数言"沉流"、"葬鱼腹"，文却"无一言及于水"，则所招非其魂亦可知也。

屈原多次言明自己欲沉江、葬鱼腹，而《招魂》无一句言及水，说明所招并非屈原之魂。

其二，如果老师屈原生前"奢乐恣性"，那么，弟子宋玉招魂陈列豪宅、华服、女乐并非不恭敬；但以此来指涉"廉洁"、"枯槁"之三闾大夫，似乎就是给屈子脸上抹黑，非学生宋玉所当为，想来尊师的宋玉也不可能这样做。

以下乃《招魂》对魂灵生前生活描写的概述：

于是铺陈高堂邃宇、层台累榭、冬厦夏室，岂屈子"故居"华奂如是耶？（《招魂》对魂灵生前故居的描写，为便于阅读，略去原诗，直接用译文）

仿照你原先布置的居室，舒适恬静十分安宁。

高高的大堂深深的屋宇，栏杆围护着轩廊几层。

层层亭台重重楼榭，面临着崇山峻岭。

大门镂花涂上红色，刻着方格图案相连紧。

冬天有温暖的深宫，夏天有凉爽的内厅。

山谷中路径曲折，溪流发出动听的声音。

阳光中微风摇动蕙草，丛丛香兰播散芳馨。

穿过大堂进入内屋，上有红砖承尘下有竹席铺陈。

光滑的石室装饰翠羽，墙头挂着玉钩屈曲晶莹。

翡翠珠宝镶嵌被褥，灿烂生辉艳丽动人。

细软的丝绸悬垂壁间，罗纱帐子张设在中庭。

四种不同的丝带色彩缤纷，系结着块块美玉多么纯净。

"宫室中那些陈设景观，丰富的珍宝奇形怪状。

香脂制烛光焰通明，把美人花容月貌都照亮。

极言耳目之娱、口腹之奉，岂屈子平生爱好在此耶？

口腹之奉——（略去原诗，直接用译文）

家族聚会人都到齐，食品丰富多种多样。

有大米小米也有新麦，还掺杂香美的黄粱。

大苦与咸的酸的有滋有味，辣的甜的也都用上。

肥牛的蹄筋是佳肴，炖得酥酥烂扑鼻香。

调和好酸味和苦味，端上来有名的吴国羹汤。

清炖甲鱼火烤羊羔，再蘸上新鲜的甘蔗糖浆。

醋溜天鹅肉煲煮野鸭块，另有滚油煎炸的大雁小鸽。

卤鸡配上大龟熬的肉羹，味道浓烈而又脾胃不伤。

甜面饼和蜜米糕作点心，还加上很多麦芽糖。

晶莹如玉的美酒掺和蜂蜜，斟满酒杯供人品尝。

酒糟中榨出清酒再冰冻，饮来醇香可口遍体清凉。

豪华的宴席已经摆好，有酒都是玉液琼浆。

耳目之娱——（略去原诗，直接用译文）

"丰盛的酒席还未撤去，舞女和乐队就罗列登场。

安放好编钟设置好大鼓，把新作的乐歌演奏演唱。

唱罢《涉江》再唱《采菱》，更有《阳阿》一曲歌声扬。

美人已经喝得微醉，红润的面庞更添红光。

目光撩人脉脉注视，眼中秋波流转水汪汪。

披着刺绣的轻柔罗衣，色彩华丽却非异服奇装。

长长的黑发高高的云鬓，五光十色艳丽非常。

二八分列的舞女一样妆饰，跳着郑国的舞蹈上场。

摆动衣襟像竹枝摇曳交叉，弯下身子拍手按掌。

吹竽鼓瑟狂热地合奏，猛烈敲击鼓声咚咚响。

宫殿院庭都震动受惊，唱出的《激楚》歌声高昂。

献上吴国蔡国的俗曲，奏着大吕调配合声腔。

男女纷杂交错着坐下，位子散乱不分方向。

解开绶带帽缨放一边，色彩斑斓缤纷鲜亮。

郑国卫国的妖娆女子，纷至沓来排列堂上。

唱到《激楚》之歌的结尾，特别优美出色一时无两。

"赌具有饰玉筹码象牙棋，用来玩六簙棋游戏。

分成两方对弈各自进子，着着强劲紧紧相逼。

掷彩成枭就取鱼得筹，大呼五白求胜心急。

赢得了晋国制的犀带钩，一天光阴耗尽不在意。

铿锵打钟钟架齐摇晃，抚弦再把梓瑟弹奏起。

饮酒娱乐不肯停歇，沉湎其中日夜相继。

带兰香的明烛多灿烂，华美的灯盏错落高低。

精心构思撰写文章，文采绚丽借得幽兰香气。

人们高高兴兴快乐已极，一起赋诗表达共同的心意。

酣饮香醇美酒尽情欢笑，也让先祖故旧心旷神怡。

至曰："二八侍宿，射递代些！"几如"妓围"、"肉阵"。

妙龄嫩女侍寝，另有妓女排成肉阵，围候，轮番替换，其淫乱之举登峰造极，荒唐透顶。

钱钟书依据《招魂》文本所写多方剖析，十分有力地说明，所招之魂生前如此骄奢淫逸，不可能是"廉洁"而"枯槁"的屈原。

进而，钱钟书引《招魂》诗句，说明所写非君王莫属：

1. 夫发端"朕幼清以廉洁兮"至"长离殃而愁苦"，乃患失魂者之词，即"君王"也：自夸"盛德"而怨"上"帝之不鉴照，勿降之祥而反使"离殃"。

——从开端"朕幼清以廉洁兮"至"长离殃而愁苦"，全是契合"君王"身份的句子。自夸"盛德"而天帝不知，不降祥瑞反降灾殃。

2. "有人在下，我欲辅之"，脱非国君，一介臣民，安敢当天帝之"辅"乎？合之下文铺张诸节而益明。

——敢言辅佐天帝者，非"君王"莫属。

但是，钱钟书说，《招魂》所写骄奢淫逸的生活非国君莫属，但尚不足以说明一定是楚怀王：

《招魂》所夸宫室之美、声色之奢，非国君身分不办，特未必即属楚怀王。

为了说明所招之魂是楚怀王，钱钟书提供了史籍材料，以便和《招魂》诗句相契合、相印证。

史载楚怀王被骗入秦，孤身滞留秦国三年之久，受尽磨难，听闻其在秦国咸阳病入膏肓,楚国举行隆重的招魂仪式挽救他。《招魂》很可能是屈原奉楚怀王儿子楚顷襄王之命,为楚怀王招魂而创作,它是屈原任职三闾大夫期间所写的最后一篇职务作品。

史籍:

《国策·楚策》一楚王"游于云梦,有狂兕样(牛旁)车依轮而至"。

《招魂》诗句:

"献岁发春兮,汨吾南征。……与王趋梦兮课后先,君王亲发兮惮青兕",乃追究失魂之由,与发端遥应,首尾衔接。患者只怨尤而不自知何以致殃,招者始洞察其根源也。

接日:"朱明承夜兮,时不可以淹;皋兰被径兮斯路渐";谓惊魂之离恒干已自春徂夏,来路欲迷,促其速返故居。故以"魂兮归来"结焉。

屈原诗写楚怀王在被秦国诈骗囚禁之前就丢了魂,自己那年春天亲随楚怀王在云梦泽打猎,疯狂的雌犀牛顺着楚怀王的车轮印追赶而来,楚怀王因遭雌犀牛攻击受了惊吓,于是丢了魂,从春到夏,其魂迷途难返。

钱钟书由此做出判断:

"《招魂》所招当即楚怀王魂,中间所述声色之娱、饮食之美,非弟子招师魂之道也。"

探讨的结果,钱钟书认定:

《招魂》的作者不是宋玉,而是屈原。

【招生魂】

根据钱钟书的介绍,古人认为人有灵魂,且灵魂不死。所谓灵魂不死,意思是灵魂可以脱离肉体而独立存在;灵魂又分生魂和死魂。

沈炯《望郢州城》诗云:"魂兮何处反,非死复非仙",是生魂之的诂;杜甫《归梦》诗云:"梦魂归未得,不用《楚辞》招",更等生魂于梦魂。

生魂:魂已离体,在空间徘徊,并非死去,也没有成仙。

《招魂》所招,白为生魂。大生魂之说,肇端梦寐。《九章·惜诵》:"昔余梦登天兮,魂中道而无杭";《抽思》:"惟郢路之遥远兮,魂一夕而九逝;……愿径逝而不得兮,魂识路之营营";《哀郢》:"羌灵魂之欲归兮,何须臾而忘反",《注》:"精神梦游,还故居也。"皆言生人之魂于睡梦中离体外游也。

生魂比拟为梦游,系活人之魂于睡梦中离开身体出外游荡。《招魂》所招楚怀王之魂就是生魂。可能是楚怀王当时已病入膏肓了，一息尚存。凡是人重病昏迷时，都被解释为灵魂出窍，即灵魂脱离了肉体，要想让人活过来，就需要把灵魂重新招回到肉体之中。

钱钟书说，根据他儿时记忆，乡里有人患病，怀疑惊吓所致，便盘问并弄清受惊之地，于黄昏叫病者姓名呼其归来，并代其答应，唉，我回来了。

《招魂》追溯云梦之猎，亦正穷病之源，仿佛就地以招耳。

死魂之招，刚断气不久，由亲人呼唤，先招魂归体，再办丧事。如死亡时间较长，就非施巫术不可了。

附录：《管锥编——楚辞洪兴祖补注》第十七则之一

《招魂》招生魂

《注》："宋玉之所作也。……宋玉怜哀屈原忠而斥弃，愁懑山泽，魂魄放佚，厥命将落，故作《招魂》，欲以复其精神，延其年寿。"按朱熹《楚辞集注》亦仍王逸说，归诸宋玉；黄文焕《楚辞听直》、林云铭《楚辞灯》重申《史记》之说谓作者即是屈原，蒋骥《山带阁注〈楚辞〉》因之。萧穆《敬孚类稿》卷一《〈楚辞〉〈招魂〉解》、卷三《书朱文公〈楚辞集注〉后》亦驳王、朱之说，谓当据《史记》以此篇属屈原，"所招当即楚怀王魂，中间所述声色之娱、饮食之美，非弟子招师魂之道也。"王逸主张，先唐亦未成定论，如《艺文类聚》卷七九载梁沈炯《归魂赋》即以"《招魂》篇"为"屈原著"。尝试论之，脱师而如马融之"奢乐恣性"，则绛帐弟子招其浮魂沉魄，自必侈陈"居宇服饰女乐"，似不得概摒为"非道"。顾施此于"廉洁"、"枯槁"之三闾大夫，诚有张弓祝鸡之诮耳。《招魂》、《大招》不问谁作，所招非屈子之魂。黄之隽《吾（广头）堂集》卷一六《屈原说》"疑屈子未必沉"，观《招魂》"上天下地，东西南北，靡所不招，绝无一言及于水，则其不死于沉可知也"；夫此篇虽招未死者之迷魂，而屈子数言"沉流"、"葬鱼腹"，文却"无一言及于水"，则所招非其魂亦可知也。"魂兮归来，反故居些！……像设君室，静闻安些！"；于是铺陈高堂邃宇、层台累榭、冬厦夏室，岂屈子"故居"华奂如是耶？极言耳目之娱、口腹之奉，岂屈子平生爱好在此耶？至曰："二八侍宿，射递代些！"几如"妓围"、"肉阵"，皇甫湜《出世篇》所写"天姝当御，百千为番"，屈子而然，"善淫"之"诼"，不为无因矣！余少日尚及见招魂旧俗，每以其人嗜习之物为引致之具，援后度前，不中不远。征之先载，如《南齐书·张融传》融"遗令人捉尘尾登屋复魂，曰：'吾生平所善'"；李贺《绿章封事》："扬雄秋室无俗声，愿携汉戟招书鬼"，以雄曾为执戟郎也；洪亮吉《卷施阁文》乙集卷二《七招》摹状离魂闻所爱之事则徘徊欲即，闻所憎之事则飘脱而没，湛思绮藻，与古为新，尤资参验。《招魂》所夸宫室之美、声色之奢，非国君身分不办，特未必即属楚怀王。王逸辈固执魂属屈原，于《乱》之言"吾"与"王"，不得不曲解曰："代原为词"，"以言尝侍从君猎，今乃放逐，叹而自伤闷也"，则几如原自招其魂，歧中又有歧也！夫发端"朕幼清以廉洁兮"至"长离殃而愁苦"，乃患失魂者之词，即"君王"也：自夸"盛德"而怨"上"帝之不鉴照，勿降之祥而反使"离殃"。"朕"在秦始皇前固属上下之通称，然上帝告巫阳曰："有人在下，我欲辅之"，脱非国君，一介臣民，安敢当天帝之"辅"乎？合之下文铺张诸节而益明。"乃下招曰"至篇末俱为"君王"招魂者之词，《乱》之"吾"，即招者自称。"献岁发春兮，汨吾南征。……与王趋梦兮课后先，君王亲发兮惮青兕"，乃追究失魂之出，与发端遥应，首尾衔接。患者只怨尤而不自知何以致殃，招者始洞察其根源也。"春"上溯其时，"梦"追勘其地，"与王后先"复俨然如亲与其事，使情景逼真。盖言王今春猎于云梦，为青兕所慑，遂丧其魂；《国策·楚策》一楚王"游于云梦，有狂兕样（牛旁）车依轮而至"，事颇相类，然彼"一发"而"殪"兕，此"亲发"而"惮"兕，强孱判然。接曰："朱明承夜兮，时不可以淹；皋兰被径兮斯路渐"；谓惊魂之离恒干已自春徂夏，来路欲迷，促其速返故居。故以"魂兮归来"结焉。

旧日不死于家者，其魂必出外招之，如高启《青邱诗集》卷一《征妇怨》："纸幡剪得招魂去，只向当时送行处。"倘人患病，家人疑为受惊失魂者，则详询或臆测受惊之处，黄昏往而呼患者名曰："毋惊毋骇，偕我返舍！"复代之答曰："唯！吾归也！"倘其处甚远，不便遽往，则绕屋呼曰："好自某地归矣！"拾土里红纸中，归而纳病者枕下。余儿时在锡、苏、澄习见此俗，且尝身受招呼，二十许寓沪西尚闻邻人夜半为此。招生魂于其迷失之地，中西旧习略同；

〔增订四〕《夷坚志丁志》卷一三《李遇与鬼斗》："遇迎新郡守于城西，既行十余里，……忽百许小儿从路旁出，……合围击之。……李回及门，不能行，门卒扶以归，至家惛不醒。诸子揭衣视，但青痕遍体，即就其处招魂，呼僧诵经。""其处"者，李为小儿聚殴处，即"招生魂于其迷失之地"也。

如十八世纪初一法文小说记国王出猎，夜宿野堡，醒而病狂，医无能治，公卿乞诸巫，巫谓王之子女当至王丧魂处求觅之。《招魂》追溯云梦之猎，亦正穷病之源，仿佛就地以招耳。谋篇有往复开合，异于一味排比，并可藉以想见古代风俗。《大招》无此间架，仅著招徕之辞，遂损剧情（dramatic interest）；然如"名声若日"、"德誉配天"、"立九卿"而"尚三王"等语，更昭然为招君王之魂矣。

"巫阳对曰：'掌梦'"；《注》："巫阳对天帝言，招魂者本掌梦之官所主职也。"按《周礼·春官》掌六候之梦，人所熟知。玩索巫阳对上帝之语，似当时信忌，以生魂别于死魂，招徕各有司存，不容越俎。《招魂》所招，自为生魂。夫生魂之说，肇端梦寐。《九章·惜诵》："昔余梦登天兮，魂中道而无杭"；《抽思》："惟郢路之遥远兮，魂一夕而九逝；……愿径逝而不得兮，魂识路之营营"；《哀郢》："羌灵魂之欲归兮，何须臾而忘反"，《注》："精神梦游，还故居也。"皆言生人之魂于睡梦中离体外游也。沈炯《望郢州城》诗云："魂兮何处反，非死复非仙"，是生魂之的诂；杜甫《归梦》诗云："梦魂归未得，不用《楚辞》招"，更等生魂于梦魂。治宗教神话之学者，谓初民区别固结于体之魂与游离于体之魂。固结之魂即身魂，心肾是也；游离之魂有二：气魂、吐息是也，影魂，则梦幻是矣。掌梦者可以招魂，当缘梦亦魂之属。顾"有人在下"，虽尚视息而未遽死，却已痴坐恋行，"魂魄离散"；不同寻常梦魂之出游，则非掌梦所能奏功，于是上帝"必"欲巫阳从事。盖死魂之招，如《礼·檀弓》、《丧大记》、《礼运》等所谓"复"者，由亡人亲属于气乍绝之时升屋而号，"先复"而"后行死事"。以魂之去未远，遂不须乞灵于巫术。苟死已经时，则魂之招致非巫术不能，即《招魂》之"工祝"；如《汉书·外戚传》上载李夫人卒后，"方士"齐人少翁为"致其神"。是以招死魂者，巫所主也。"恐后之谢，不能复用巫阳焉"；"谢"、殂谢之谓，即死耳。其意若曰：倘今招生魂而辄用巫，他日招死后之魂恐将用巫而无效。方术神通勿可滥施轻用，不然临急失验；雅记野语皆尝道之，匪独招魂为然。如《左传》僖公四年晋献公卜骊姬为夫人节，《正义》引郑玄《礼》注、《诗》笺谓"卜筮数而渎龟，不复告之以实"，

〔增订三〕《易·蒙》早曰："初筮告吉。再三，渎；渎则不告。"

即李义山《杂纂》所嘲"殢神掷珓"（"校"同"珓"，见程大昌《演繁露》卷三《卜教》）；《太平广记》卷七八《茅安道》、卷八五《李生》皆言神术以妄用而渐不神；袁枚《新齐谐》卷一七《娄真人错捉妖》以一言蔽之曰："我法只可行一次，第二次便不灵。"不能复用"之"恐"，殆以此欤。

钱钟书论《招魂》之"从目"

《管锥编—楚辞洪兴祖补注》第十七则之二

《管锥编—楚辞洪兴祖补注》第十七则共论述了五个问题，此为第二个问题："从目"。

"豺狼从目，往来侁侁些"是《招魂》中的一句诗。钱钟书这里对诗中"从目"二字进行了训诂。（从、读纵，去声）

五臣注："从、竖也。"从目即竖目，现如今也还说："横眉竖眼"。

五臣注即《五臣文选注》，是唐代开元时吕延济、刘良、张铣、吕向、李周翰对萧统《文选》的合注本。

按《大招》亦云："豕首从目。"

陆佃《埤雅》卷四："俗云：'熊罴眼直，恶人横目'；合《人招》和《埤雅》而观之：

"从目"即"眼直"也。

"从"为什么是"竖"，"从目"为什么是"眼直"呢？我查了一下通假字典才懂得，"从"和"纵"是通假字，"纵"即直，与横相对，"从目"即"纵目"。怒目圆睁，逐渐成竖状，怪吓人的呢。

"豺狼从目，往来侁侁些"的译文：

还有眼睛直长的豺狼，来来往往群奔争先。

附录：《管锥编—— 楚辞洪兴祖补注》第十七则之二

《招魂》"从目"

"豺狼从目，往来侁侁些"；五臣注："从、竖也。"按《大招》亦云："豕首从目。"陆佃《埤雅》卷四："俗云：'熊照眼直，恶人横目'"；"从目"即"眼直"也。"工祝招君，背行先些。"按具见《史记》卷论《高祖本纪》。

钱钟书论《招魂》之"眼波"

《管锥编—楚辞洪兴祖补注》第十七则之三

《管锥编—楚辞洪兴祖补注》第十七则《招魂》，共论述了五个问题，此为第三个问题：眼波。

俗话说：眼睛是心灵的窗户。眼睛之美在眼神，眼神之美在灵动，灵动的眼神就是所谓"眼波"。"眼波"如电波，可倾诉有爱者的心曲，可俘获被爱者的灵魂。俗语说：眉目传情，一切心思尽在"眼波"顾盼之间。

"蛾眉曼睩，目腾光些。靡颜腻理，遗视矊些。"

——美丽眉宇曼妙相视，秋波神光腾越荡漾啊。红颜光洁肌理细腻，凝视远方久久不移啊。

"娭光眇视，目曾波些。"

——俏皮的目光微微一瞥，秋波频送眉目传情啊。

《诗·硕人》形容美女眼神，只是笼统地概括说："美目盼兮"，到了《招魂》这里竟是工笔细描了：

"曼睩"、"腾光"者，言眸之明；

"遗矊"、"眇视"者，言睐之媚。

——一言眼睛明亮，一言妩媚多情，美目传情之道无外于此。

"曾波"即宋玉《神女赋》："望余帷而延视兮，若流波之将澜"，止后世词章称目为"秋水"、"秋波"之托始。

——《招魂》诗之"曾波"正是后来为文人骚客所习用的"秋水"、"秋波"之源头。

钱钟书说，《西厢记》中"秋波那一转"可以拿来做"目曾波"的注释，

"鹃伶睐老不寻常"（杜鹃鸟那深情的眼神真是不一般啦）可以拿来做"曼睐腾光"的注释。

《大招》则体物更精："嫣目宜笑，娥眉曼只。"

眼睛善于辨物传情，人所皆知，但眼波之"宜笑"更加精微传神，而少有人知。王逸不解此理，他的注释说："工于嫣眄，好口宜笑，蛾眉曼泽"好像笑是口的特有功能。显然偏颇。

实际上，文学经典里，更多描写目笑的神来之笔：

《红楼梦》第三回写宝玉"睛若秋波，虽怒时而似笑，即嗔视而有情"，写黛玉"一双似喜非喜含情目"；孙原湘《天真阁外集》卷四《横波》绝句咏目也，有曰："如愁如喜还如怒，媚态三番一刹那"。

这些文学描述均传承了屈原、宋玉所谓"眼波"宜笑的精髓。对比之下，王逸之注便相形见绌，只言口笑不言目笑，就显得十分偏狭局限了。

况且，常见有人开口爆笑而眼睛毫无笑意，此乃假笑也；非"皮笑肉不笑"，乃口笑目不笑也，王逸固然是不了解这一层的。

司汤达一八〇四年七月十四日日记载与人立道傍，观拿破伦一世盛服缓辔而过，万众欢呼，"拿破伦频频行军礼示意，且微笑。剧台上之笑容耳，齿露而已，目初不笑"；

拿破仑之笑，乃政治家的表演，并非发自内心，也是口笑而目不笑。

又一八〇五年二月二十五日记睹己所爱之荡妇"报一狎客以微笑示谢，然目无笑意，乔作笑容耳"。即余所谓笑非口可得而专也。

狎客对荡妇示谢之笑，亦轻薄乔装之笑，并非发自内心的爱意之笑也。

大作家司汤达入木三分的描写，足证钱钟书先生的真知灼见：笑并非是口的特有功能，眼波传达出的笑意更加真实，更加妩媚，更加动人心魄，也更加醉人神魂！

附录：《管锥编——楚辞洪兴祖补注》第十七则之三

《招魂》眼波

"蛾眉曼睐，目腾光些。靡颜腻理，遗视矊些。"按下又云："娭光眇视，目曾波些。"《诗·硕人》只曰"美目盼兮"而已，此遂描状工细。"曼睐""腾光"者，言眸之明（flashing eyes）；"遗矊"、"眇视"者言睐之媚（languishing sidelong glances)。"曾波"即宋玉《神女赋》:"望余帷而延视兮,若流波之将澜",正后世词章称目为"秋水"、"秋波"之托始。窃谓《西厢记》第一本第一折之"秋波那一转"可移释"目曾波",而第二折之"鹘伶睩老不寻常"复可移释"曼睩腾光"也。《大招》则体物更精:"嫭目宜笑,娥眉曼只。"目之善睐,人所易知,目之"宜笑",愈造微传神。王逸不解此,故其注曰:"工于嫭眄,好口宜笑,蛾眉曼泽",一若"笑"仅马"口"之所有事者!《红楼梦》第三回写宝玉"睛若秋波,虽怒时而似笑,即嗔视而有情",写黛玉"一双似喜非喜含情目";孙原湘《天真阁外集》卷四《横波》绝句咏目也,有曰:"如愁如喜还如怒,媚态三番一刹那";皆可谓得屈、宋心印,王逸相形,几如无目(参观《全晋文》卷论陶潜《闲情赋》)。且人固有口浓笑而目无笑意者,逸竟不知耶?

〔增订三〕司汤达一八〇四年七月十四日日记载与人立道傍,观拿破伦一世盛服缓辔而过,万众欢呼,"拿破伦频频行军礼示意,且微笑。剧台上之笑容耳,齿露而已,目初不笑";又一八〇五年二月二十五日记睹己所爱之荡妇"报一狎客以微笑示谢,然目无笑意,乔作笑容耳"。即余所谓笑非口可得而专也。

钱钟书论《招魂》之"大苦'入馔"

《管锥编——楚辞洪兴祖补注》第十七则之四

　　《管锥编——楚辞洪兴祖补注》第十七则共论述了五个问题,此为第四个问题:"大苦"入馔。

　　此则此节说早在屈原时期,楚地已将"大苦"入馔。

　　"大苦醎酸,辛甘行些"是屈原《招魂》中的一句诗。

　　钱钟书此处训诂"大苦"是什么。

　　王逸《注》:

　　"大苦、豉也";

　　王逸注释"大苦"是豆豉。

　　洪兴祖《补注》曰:

　　"逸说非也,盖苦味之甚者尔。"

　　——洪兴祖否定了王逸,说"大苦"是苦味之浓烈者。

　　《招魂》下文有:

　　"和酸若苦,陈吴羹些",

　　——调和好酸味和苦味,端上来有名的吴国羹汤。

　　《大招》又有:

　　"醢豚苦狗。"

　　——猪肉酱和略带苦味的狗肉。

　　钱钟书说:

　　余居湘时,方识以苦瓜入馔,想古之楚庖早已尚苦尔。

　　——我旅居湖南时才晓得苦瓜可以入菜肴,想来古时候楚地饮食早已提

倡苦味了。（钱钟书所言"居湘时"，大约在 1938 年归国后由清华大学转赴湖南国立蓝田师范学院任英文系主任期间）

附录：《管锥编——楚辞洪兴祖补注》第十七则之四

《招魂》大苦入馔

　　"大苦醎酸，辛甘行些"；《注》："大苦、豉也"；《补注》："逸说非也，盖苦味之甚者尔。"按下文云："和酸若苦，陈吴羹些"，又《大招》云："醢豚苦狗。"余居湘时，方识以苦瓜入馔，想古之楚庖早已尚苦尔。

钱钟书论《招魂》之"丽而不奇"

《管锥编——楚辞洪兴祖补注》第十七则之五

《管锥编——楚辞洪兴祖补注》第十七则共论述了五个问题，此为第五个问题："丽而不奇"。

钱钟书此则此节辨析并纠正王逸对"丽而不奇"的误解。

"被文服绣，丽而不奇些"是屈原《招魂》中的一句诗。（被文服绣：衣服上刺绣）

对"丽而不奇"四个字，王逸《注》解如下：

"不奇、奇也，犹《诗》云：'不显文王'，不显·显也。言美女被服绮绣，曳罗縠，其容靡丽，诚足奇怪也。"

王逸注解："不奇"就是"奇"，正如《诗经》"不显文王"之"不显"二字意思就是"显"。（此注解是把"不"看成没有具体意义的虚词）

钱钟书对此解析说，王逸注"不奇"为"奇"，根据的是王引之《经义述闻》一书中《语词误解以实义》篇所阐述的意思。

《经传释词》，是诠释经传古籍中虚词的著作。十卷。清王引之撰。成书于清嘉庆三年（1798）。

王引之在《经传释词》序中说："自汉以来，说经者宗尚雅训，凡实义所在，既明著之矣，而语词之例，则略而不究，或既以实义释之，遂使其文扞格，而意亦不明。"

用白话把王引之的意思表述一下：

王引之说，汉代以来，注经者注重把经书中实词的意思一一标出，而对于虚词则忽略不计，或把虚词当实词来解释，使得文气不通，意思不明。（这里

的虚词是指没有具体意义的关系词、语助词）

王逸注"不奇"为"奇"，就是贯彻王引之的意见，认为"不"字是没有具体意义的虚词，只是起凑足音节作用的陪衬词。那么，"丽而不奇"的意思，就是"丽而奇"，衣饰华丽而新奇。

那么，王逸根据王引之的见解所作的注释对不对呢？

钱钟书认为，王引之、王逸这里把"不"字看作没有具体意义的虚词，是一种误解，并不恰当（"此处则误解不当"）。

然而，钱钟书认为怎样注释"丽而不奇"才是恰当的呢？

"丽"和"奇"是近义词，华丽的服饰可称"丽"，奇装异服可称"奇"，"丽而不奇"就是把华丽和奇异这种十分相近的东西认真辨析区分开来。这里"不"并不是没有具体意义的虚词，而是具有否定意思的副词即否定副词，否定服饰存在奇异的情况。

《法言·问神》所谓"别似"也。

"别似"——把相似的词汇区分开来。

钱钟书列举了一些和"丽而不奇"相类似的词汇：

"威而不猛"，"谑而不虐"，"尽而不污"，"哀而不伤"，"好色而不淫"，"展而不信、爱而不仁、诈而不智、毅而不勇、直而不衷、周而不淑"（《国语·楚语》下），……"行而不流、止而不滞"（成公绥《啸赋》）。……《楚辞》本书之"未形唯象"。《易·系辞》之"不疾而速"，亦"丽而不奇"、"严而不残"之类。

如"威而不猛"就是威武而不莽撞，把有节制的威武和无节制的威猛仔细区别开来；"不疾而速"就是迅速而不匆忙，把有条不紊的迅速和慌急慌忙仔细区分开来，等等。

钱钟书说"威而不猛"等和"丽而不奇"句法一律，胥取词意易于通融混淆者，严加区别判辨，不使朱乱于紫。王逸见单词而忽全句也。

"词意易于通融混淆者"即近义词，"严加区别判辨"即把近义词的微微之别认真辨别界定清楚，不容混淆，从而把要表达的意思周到清晰地揭示出来。

王逸之注把"丽而不奇"解释为"丽而奇"（华丽而新奇）是只就"不奇"这个单词望文生义，而没有将"被文服绣，丽而不奇些"全句进行通盘考察。因而，王逸之注乃误解之注。

附录：《管锥编——楚辞洪兴祖补注》第十七则之五

《招魂》"丽而不奇"

"被文服绣，丽而不奇些"；《注》："不奇、奇也，犹《诗》云：'不显文王'，不显、显也。言美女被服绮绣，曳罗縠，其容靡丽，诚足奇怪也。"按以"不奇"为"奇"，即王引之《经义述闻》卷三二《语词误解以实义》之旨，别详《左传》卷论僖公二十二年。此处则误解不当。"奇"，奇衣（中为牙）也，《左传》僖公二十四年所谓"服不之衷"。《文子·符言》："圣人无屈奇之服、诡异之形"；《晏子春秋》内篇：《问》上之一六："衣冠无不中，故朝无奇辟之服"；《荀子·非相》："美丽姚冶，奇衣妇饰"；正此"奇"字。"丽而不奇"，犹"威而不猛"，"谑而不虐"，"尽而不污"，"哀而不伤"，"好色而不淫"，"展而不信、爱而不仁、诈而不智、毅而不勇、衷而不直、周而不淑"（《国语·楚语》下），"和调而不缘、溪盎而不苛、庄敬而不绞、和柔而不全（足旁）、刻廉而不剧"（《晏子春秋》内篇《问》下之二四），"严而不残"（《汉书·隽不疑传》），"行而不流、止而不滞"（成公绥《啸赋》）。

〔增订三〕《楚辞》本书之"未形唯象"，《易·系辞》之"不疾而速"，亦"丽而不奇"、"严而不残"之类。《法言·问神》所谓"别似"也。

句法一律，胥取词意易于通融混淆者，严加区别判辨，不使朱乱于紫。王逸见单词而忽全句也。

钱钟书论《大招》之"微骨"、"曲眉"

《管锥编——楚辞洪兴祖补注》第十八则之一

《管锥编——楚辞洪兴祖补注》第十八则共论述了三个问题，此为第一个问题："微骨"、"曲眉"。

钱钟书此则此节考订《大招》"微骨""曲眉"两词，揣摩古人眼中的美女型范。

"丰肉微骨，调以娱只"。

——肌肤丰腴骨骼纤细，性情温和，人见了十分喜欢和快乐。（只、语气词，同"兮"）

钱钟书说，《大招》此句可结合后面的诗句一同考察：

"丰肉微骨，体便娟只"

——肌肤丰腴骨骼纤细，体态轻盈翩然来往。

又："曾颊倚耳，曲眉规只"

——双下巴两耳向后贴得很紧，弯弯的眉毛细长而规整。

为避免孤引单证，钱钟书援引了其它典籍：

《西京杂记》卷一称合德"弱骨丰肌，尤工笑语"，谢灵运《江妃赋》云："小腰微骨"，皆此形模。韩愈《送李愿归盘谷序》之"曲眉丰颊"，又即《大招》之"曾颊"、"曲眉"，如为唐画中士女及出土唐女俑写真也。

综上，古代人心目中的美女特征是：

骨架子小，肉质丰腴，双下巴，眉毛弯曲而规整，小蛮腰，说话时脸上始终洋溢着微笑。欲见诸直观，可看唐代仕女图。

附录：《管锥编——楚辞洪兴祖补注》第十八则之一

《大招》"微骨""曲眉"

"丰肉微骨，调以娱只"。按当合观下文："丰肉微骨，体便娟只"，又："曾颊倚耳，曲眉规只"，别详《毛诗》卷论《泽陂》。《西京杂记》卷一称合德"弱骨丰肌，尤工笑语"，谢灵运《江妃赋》云："小腰微骨"，皆此形模。韩愈《送李愿归盘谷序》之"曲眉丰颊"，又即《大招》之"曾颊"、"曲眉"，如为唐画中士女及出土唐女俑写真也。

钱钟书论《大招》之"青色直眉"

《管锥编——楚辞洪兴祖补注》第十八则之二

　　《管锥编——楚辞洪兴祖补注》第十八则共论述了三个问题,此为第二个问题:"青色直眉"。

　　"青色直眉,美目娴只"是屈原《大招》中的一句诗。钱钟书此则此节训诂"青色直眉"四个字。

　　王逸《注》:

　　"复有美女,体色青白,颜眉平直";

　　王逸之注以为:"青色"是指肌肤,"直眉"是指眉毛平直,均是误解。

　　洪兴祖《补注》:

　　"'青色'谓眉也。"

　　洪兴祖纠正王逸,说"青色"并非指肌肤,而是指眉毛。青色即黑色。

　　钱钟书同意洪兴祖的观点,援引古籍说明曾有"青白"一词,王逸据此就说"青色"是写肌肤证据不足,文人大都用"青色"指黑色,用来写眉毛、眼睛、头发的乌黑。

　　钱钟书说,看东汉时《东观汉记》,"青白"二字联绵在一起,意思为"白",所以王逸坦言"体色清白",唐人、宋人读王逸注,以为是"青面兽"、"蓝面鬼"之类的丑妇。这是王逸注造成的误解。

　　诗人用词则直截了当,切合字眼的原意。

　　韩愈《华山女》有:"白咽红颊长眉青";苏轼《芙蓉城》有:"中有一人长眉青";直接用"青"表示黑色,来写眉毛。

　　考察后世诗文小说,"青色"也是指"黑色":

后世诗文小说常言"青鬓"、"满头青丝细发"，皆谓其黑；阮籍"作青、白眼"之"青"亦正谓黑，"睛"字从"目"从"青"，吴语称"眼黑"又称"眼乌珠"，"乌"即黑。

《世说·容止》王羲之见杜弘，叹曰："眼如点漆"，苏轼《仇池笔记·论墨》曰："要使其光清而不浮，湛湛然如小儿目睛乃佳。"墨与漆均状眼之"乌"、"黑"，所谓"青"是矣。

——"睛"字从"目"从"青"，吴语之"眼乌珠"，用"墨"、"漆"一类词描写眼睛的"乌"、"黑"，都表明"青"就是"黑"。

诗中"青色"是指美女眉毛乌黑，并不是指美女的肌肤。

钱钟书对王逸《注》将"直眉"解释成"颜眉平直"也予以纠正。

钱钟书说，前面刚刚说"曲眉"，这里又突然说"直眉"，这不是自相抵牾吗？其实不是的。这里的"直"相当于"值"，表示眉毛细长几乎与两鬓相接，如古希腊美人所崇尚的通眉。

司马相如《上林赋》："长眉连蜷"，郭璞注："言曲细"；六朝诗如鲍照《玩月》："蛾眉蔽珠栊，玉钩隔疏窗"，王褒《咏月赠人》："初魄似蛾眉"，以反求覆，观其所托，便知眉样曲如钩而不直如弦矣。故唐人小说《游仙窟》曰："乍出双眉，渐觉天边失月"，"眉间月出疑争夜"，亦言眉弯。庾信《镜赋》："鬓齐故略，眉平犹剃"，"平"谓整齐、净尽，非如王逸所谓"平直"也。

——这些诗文皆言"眉弯"、"眉曲"，出现"平直"等字眼那是说眉毛整齐、尽净。

综上所述，《大招》诗所谓"青色直眉"的意思是：（美女）乌黑的眉毛弯曲细长，好像要和鬓发相连。

附录：《管锥编——楚辞洪兴祖补注》第十八则之二

《大招》"青色直眉"

"青色直眉，美目媌只"；《注》："复有美女，体色青白，颜眉平直"；《补注》："青色'谓眉也。"按王误"青"为肌色，故洪正之。《东观汉记》卷六写明德马后姿容，有曰："长七尺二寸，青白色"，似东汉时"青白"得联绵以指白，故王逸坦然言"体色青白"；《后汉书·皇后纪》上削去此三字，似晋、宋人已不解其言，唐、宋人读王注必更觉似"青面兽"、"蓝面鬼"之丑妇矣。韩愈《华山女》:"白咽红颊长眉青",苏轼《芙蓉城》:"中有一人长眉青",皆早撇去王注,遂得正解;秀才读诗,每胜学究,此一例也。"青色直眉"之"青",即谓黑色,则以"青"为"黑",早见《楚辞》,非创自赵高(参观《史记》卷论《秦始皇本纪》)。后世诗文小说常言"青鬓"、"满头青丝细发",皆谓其黑;阮籍"作青、白眼"之"青"亦正谓黑,"睛"字从"目"从"青",吴语称"眼黑"又称"眼乌珠","乌"即黑;

〔增订三〕陈忱《水浒后传》第一一回花逢春射死鲸鱼,"那两个眼睛乌珠挖将出来,如巴斗大小";即载籍中"乌珠"之例。

《世说·容止》王羲之见杜弘,叹曰:"眼如点漆",苏轼《仇池笔记·论墨》曰:"要使其光清而不浮,湛湛然如小儿目睛乃佳。"墨与漆均状眼之"乌"、"黑",所谓"青"是矣。

〔增订二〕韩愈《刘生》:"妖歌慢舞烂不收,倒心回肠为青眸",亦言睛黑,犹"双瞳点漆"。《感春》之三:"艳姬蹋筵舞,清眸刺剑戟",则言目明,"清"如《赠张十八助教》"喜君眸子重清朗"之"清";"清"而"刺",遂喻以"剑戟",犹章回小说中动称"刀枪雪亮"也(如《水浒》五二回:"三股叉、五股叉、灿灿秋霜,点钢枪、芦叶枪、纷纷瑞雪";六三回:"青铜刀、偃月刀、纷纷似雪"等)。言各有当。方成珪(王字旁)《韩集笺正》乃欲改《感春》之"清"以从《刘生》之"青",一若诗人用字颣如画一者!强求一律,殊属多事。

上文方言"曲眉",而此忽言"直眉",若相岨峿;"直"殆同"值",谓眉长几于相接,有若古希腊美人所尚通眉(the joined eyebrows)欤?梁、陈间姚最《续画品》推谢赫画人物"切似":"丽服靓妆,直眉曲鬓",似同斯义,谓双眉梢长欲值,非谓眉作直线形。司马相如《上林赋》:"长眉连娟",郭璞注:"言曲细";六朝诗如鲍照《玩月》:"蛾眉蔽珠栊,玉钩隔疏窗",王褒《咏月赠人》:"初魄似蛾眉",以反求覆,观其所托,便知眉样曲如钩而不直如弦矣。故唐人小说《游仙窟》曰:"乍出双眉,渐觉天边失月","眉间月出疑争夜",亦言眉弯。庾信《镜赋》:"鬓齐故略,眉半犹剃","平"谓整齐、净尽,非如王逸所谓"平直"也。

钱钟书论《大招》之《七发》类《招魂》《大招》

《管锥编——楚辞洪兴祖补注》第十八则之三

《管锥编——楚辞洪兴祖补注》第十八则共论述了三个问题，此为第三个问题：《七发》类《招魂》《大招》。

钱钟书此则此节论述枚乘的《七发》类似于屈原的《招魂》、《大招》。

《文史通义·诗教》上："孟子问齐王之大欲，历举轻暖、肥甘、声音、彩色，《七林》之所启也。而或以为创之枚乘，忘其祖矣！"

上面是章学诚《文史通义·诗教》里的一段话，围绕着枚乘的《七发》，阐述他对赋体源流的观点。

在讲述章学诚对赋体源流的看法之前，先介绍一下背景材料。

《七发》是汉代辞赋家枚乘的赋作，通篇讽谕，假设楚太子有病，吴客前去探望，通过互问互答，形成了七大段文字。

吴客认为：楚太子的病系贪欲过度，享乐无时，不是用药物和针灸可以治愈的，只能以要言妙道使其醒悟来治病，所谓"心病还需心药治"。于是分别描述音乐、饮食、乘车、游宴、田猎、观涛等六大乐趣，诱导太子逐渐改变生活方式；最后向太子引见"方术之士"，"论天下之精微，理万物之是非"，太子乃霍然而愈。

《七发》的主旨在于劝诫贵族子弟不要沉溺于安逸享乐，表达了作者对贵族集团腐朽纵欲的不满。

刘勰《文心雕龙——杂文》称，枚乘的《七发》是赋体的开创之作，他说："《七发》，创意造端，丽旨腴词，上薄《骚》些，盖文章领袖，故为可喜。"

《七发》之后，仿制者众多，如傅毅《七激》、张衡《七辩》、崔骃《七依》、马融《七广》，曹植《七启》、王粲《七释》、张协《七命》之类，皆连赋七件事而成篇，成为了一种别具特色的赋体格式。后世梁代编成《七林》十卷，隋代编成《七林》三十卷。

交待了背景情况，回过头来看《文史通义·诗教》那段话的意思。那段话是说，大家都认为"七体"创始于枚乘的《七发》，实际上，"七体"的源头还要早，"七体"肇端于孟子。

关于"七体"肇端于孟子：

"孟子问"云云，确切地说，是源自《梁惠王上》中的《齐桓晋文之事》。

该文内容为孟子游说齐宣王放弃霸道，施行王道，比较系统地阐发了孟子的仁政主张。

文章采用对话体。孟子与齐宣王的对话，使齐宣王逐渐接受了自己的政治主张。孟子揣摸齐宣王的心理，诱使对方顺着自己的思路来想问题。该文在写作上曲折委婉，层层深入，说理逻辑严密，比喻形象生动。

该文在许多方面表现了孟子的论辩艺术和语言技巧。如用"以羊易牛"这种齐宣王亲身经历的事情说服齐宣王，不仅有故事性，使文章生动形象，而且也更有说服力，更易被齐宣王所接受。再如文中句式不断变化，大量运用排比句式，而且单句和排比句交错使用，既有引经据典之句，更多明白浅显之语，使全文笔势灵活，文词富赡。

可见，章学诚《文史通义·诗教》说"七体"这种赋体样式起源于孟子《齐桓晋文之事》。较之刘勰《文心雕龙》说"七体"这种赋体样式起源于枚乘的《七发》，已推进了一大步。

然而，钱钟书认为，章学诚《文史通义·诗教》的溯源尚不到位：

"未为中肯探本"。

钱钟书认为，"七体"首创诚然是枚乘的《七发》，而《七发》亦有先导，《七发》和屈原《招魂》、《大招》的表达方式极为相似。

换言之，钱钟书把"七体"这种赋体的主要样式溯源到更早，溯源到屈原的《招魂》、《大招》：

枚乘命篇，实类《招魂》、《大招》，移招魂之法，施于疗疾，又改平铺而为层进耳。

钱钟书说，枚乘《七发》和屈原《招魂》、《大招》一样，都是"移招魂之法，施于疗疾"；区别在于，屈原的《招魂》、《大招》是平铺直叙，而枚乘的《七发》的说理已层层推进。

综上，钱钟书独树一帜而令人信服地揭示了：

"七体"这一赋体的主要样式，其源头不是枚乘的《七发》，也不是孟子的《齐桓晋文之事》，而是屈原的《招魂》、《大招》。

附录：《管锥编——楚辞洪兴祖补注》第十八则之三

《大招》《七发》类《招魂》《大招》

《文史通义·诗教》上："孟子问齐王之大欲，历举轻暖、肥甘、声音、彩色，《七林》之所启也。而或以为创之枚乘，忘其祖矣！"未为中肯探本。枚乘命篇，实类《招魂》、《大招》，移招魂之法，施于疗疾，又改平铺而为层进耳。西土名作如密尔敦《乐园复得》（Paradise Regained）卷二、弗罗拜《诱惑安东尼》第二章，其祛魔拒诱之旨，与释典一揆（如《杂阿含经》卷三九《魔有三女》章、《佛本行集经·魔怖菩萨品》第三一、《方广大庄严经·降魔品》第二一），而荡心移志之具，又与二《招》、《七》林同类。采风借烛，聊复及之。

附录一 《楚辞》选译

《离骚》

【原文】

帝高阳之苗裔兮[1]，朕皇考曰伯庸[2]。

摄提贞于孟陬兮[3]，惟庚寅吾以降[4]。

皇览揆余初度兮[5]，肇锡余以嘉名[6]。

名余曰正则兮[7]，字余曰灵均[8]。

纷吾既有此内美兮[9]，又重之以修能[10]。

扈江离与辟芷兮[11]，纫秋兰以为佩[12]。

汩余若将不及兮[13]，恐年岁之不吾与[14]。

朝搴阰之木兰兮[15]，夕揽洲之宿莽[16]。

日月忽其不淹兮[17]，春与秋其代序[18]。

惟草木之零落兮[19]，恐美人之迟暮[20]。

不抚壮而弃秽兮[21]，何不改乎此度[22]？

乘骐骥以驰骋兮[23]，来吾道夫先路[24]。

【注释】

[1] 帝：先秦的"帝"字，直至战国中期，指的都是天神、天帝。夏以后的人间君主称为"后"或"王"，而不称"帝"。古氏族为了美化自己的世系，都要托祖于天神天帝，自称是某"帝"或某"神"的后裔。高阳：即古代帝王颛顼（zhuān xū）的别号，传说为高阳部落首领，实际上是楚人崇拜的天帝，是太阳神。苗裔（yì）：苗，初生的禾本植物。裔，衣服的末边。这里苗裔连用，喻指子孙后代。兮：语气词，楚国方言，相当于现代汉语的"啊"。

[2] 朕：我，上古时代的第一人称代词，至秦始皇二十六年（前221年），诏定为封建帝王自称的专用词。这里是屈原自称。皇考：对亡父的尊称。皇，大、美、光明。考，在先秦西汉的典籍里，有时指从祖父以上的先人，有时仅指亡父，东汉以后，专指亡父。伯庸："皇考"的名或字，不见经传，可能是化名。

[3] 摄提：这里指"摄提格"的简称。战国时代根据岁星（木星）的运行纪年。木星绕日一周约十二年，以十二地支表示，寅年名摄提格。贞：正。孟：开端。陬（zōu）：农历正月的别名。正月是一年的开始，故称"孟陬"。夏正建寅，夏历正月也即寅月。

[4] 惟：句首发语词。庚寅：屈原出生的日子，纪日的干支。寅年寅月寅日，古人认为是难得的吉日。降（古音hóng）：诞生、降生。本意指从天降临，这里屈原自言天生。

[5] 皇：即上文"皇考"的省略。览：观察。揆（kuí）：揣测，衡量。初度：指初生的时节，即生辰。

[6] 肇：同"兆"，占卜的意思。锡：同"赐"，送给。

[7] 正则：公平而有法则，这是对屈原名"平"的解释。

[8] 灵均：灵善而均调，这是对屈原字"原"的解释。

[9] 纷：美盛的样子。内美：先天具有的内在的美好品德。

[10] 重（chóng）：加上。修：美好，优秀。能：才能。修能，即优秀的才能。

[11] 扈（hù）：披，楚地方言。江离：江蓠，一种香草。辟：幽僻的地方。芷：幽香的芷草。

[12] 纫：楚地方言，连接，联缀。秋兰：香草名。以为：以之为。佩：佩戴。

[13] 汩（yù）：楚地方言，水流得很快的样子，这里指时光飞逝。不及：赶不上。

[14] 不吾与：即"不与吾"的倒装，意思是不等待我。

[15] 搴（qiān）：拔取。阰（pí）：大的山坡。木兰：香树名，又称黄心树，紫玉兰，皮似桂而香，状如楠树，高数仞，相传去皮而不死。

[16] 揽：采摘。洲：江河中的陆地。宿莽：一种经冬不死的香草。

[17] 忽：过得很快的样子。淹：通"延"，逗留，停留。

[18] 代序：轮流。序，通"谢"，过去，逝去。

[19] 惟：想。

[20] 美人：这里指楚怀王。迟暮：比喻晚年。

[21] 不："何不"的省文，"为什么不"的意思。抚壮：趁着盛壮之年。秽：指污秽的行为。

[22] 度：态度。

[23] 骐骥：骏马，这里比喻贤能的人。驰骋：纵马疾驰，奔驰。

[24] 道：通"导"，引导。夫：语气助词。先路：前面的路，即先王的路。

【翻译】

我是天帝高阳氏的后裔，我已去世的父亲名字叫伯庸。岁星正好在寅年的孟春月，我从天降临。父亲仔细揣测我的生辰，通过卦兆赐给我相应的美名：给我取名叫作正则，同时起字叫作灵均。天赋给我很多内在的美好品质，再加上有外在的出众才能。披戴着江蓠和芷草，把秋兰结成佩环挂在身上。光阴似箭我怕赶不上，岁月不等待人令我心慌。早晨我在坡地上拔取木兰，傍晚在小洲中采摘宿莽。时光迅速逝去从不停下脚步，四季更相交替永无止境。想到草木在西风里一片片凋零，恐怕楚王步入衰残的暮年。为什么不趁着盛时抛弃污秽啊，为何还不改变你的态度？骑上千里马纵横驰骋吧，来吧，我在前面为你引导开路！

【原文】

昔三后之纯粹兮[1]，固众芳之所在[2]。

杂申椒与菌桂兮[3]，岂维纫夫蕙茝[4]？

彼尧舜之耿介兮[5]，既遵道而得路[6]。

何桀纣之猖披兮[7]，夫唯捷径以窘步[8]。

惟夫党人之偷乐兮[9]，路幽昧以险隘[10]。

岂余身之惮殃兮[11]，恐皇舆之败绩[12]。

忽奔走以先后兮，及前王之踵武[13]。

荃不察余之中情兮[14]，反信谗而齌怒[15]。

余固知謇謇之为患兮[16]，忍而不能舍也。

指九天以为正兮[17]，夫唯灵修之故也[18]。

曰黄昏以为期兮，羌中道而改路[19]。

初既与余成言兮[20]，后悔遁而有他[21]。

余既不难夫离别兮[22]，伤灵修之数化[23]。

【注释】

[1] 昔：从前。后：君王。三后：指夏禹王、商汤王、周文王。纯粹：丝无杂质称纯，米无杂质称粹，这里引申比喻古三王的德行完美无缺。

[2] 固：本来。众芳：比喻众多有才能的人。在：聚集。

[3] 杂：动词，杂集、汇集。申椒：申地所产的花椒。菌桂：应作"箘桂"，即肉桂，一种香木。

[4] 维：通"唯"，仅，只。蕙：兰草的一种，又名薰草。茝（zhǐ）：即白芷。

[5] 耿介：光明正直。

[6] 遵道：遵循正道。路：大道。

[7] 猖披：衣不束带的样了，这里引申为狂妄偏邪之意。

[8] 捷径：斜出的小路，这里比喻不走正道。窘步：迈不开步子，犹言步履艰难。

[9] 夫：代词，表示远指，相当于"那些"。党人：朋党，指朝廷里结党营私的奸臣。偷乐：贪图享乐，苟且偷安。

[10] 幽昧（mèi）：昏暗不明。险隘：危险狭隘。

[11] 惮：畏惧，害怕。殃：灾殃。

[12] 皇舆：君王所乘的车子，比喻国家政权。败绩：翻车，比喻国家灭亡。

[13] 踵（zhǒng）：脚跟。武：足迹。

[14] 荃：香草名，又名"荪"，这里代指楚王。察：体察，了解。中情：指内心真诚。

[15] 齌（jì）怒：暴怒。

[16] 謇謇（jiǎn）：直言的样子。

[17] 九天：古说天有九层。正：通"证"，验证。

[18] 灵修：能神明远见的人，这里指楚怀王。

[19] 曰黄昏以为期兮，羌中道而改路：此为衍文。

[20] 成言：成约。

[21] 悔遁：变心。他：别的主意。

[22] 难：畏惮，畏惧。

[23] 数化：屡次变化。

【翻译】

从前楚国三位贤王的德行多么完美、纯正无私啊，所以群贤都在那里聚会。花椒与菌桂汇集到一起，岂止只有茝和蕙贯穿连缀？唐尧虞舜多么光明正直，他们沿着正道使国家步入坦途。夏桀殷纣多么狂妄邪恶，贪图捷径以致走投无路。结党营私的人苟安享乐，国家的前途昏暗不明危险难行。难道我是害怕自身招灾惹祸吗？我是怕君主的车子将要倾覆。我急匆匆为王车奔走照料，希望君王能赶上先王的脚步。君王却不深入了解我的忠心，反而听信了谗言对我发怒。我本就知道忠言直谏会引来灾祸，宁可忍受痛苦却又无法改变初衷。高高的苍天请给我作证，这一切都是为了君王的缘故。君王你以前已经和我有成约，随后又反悔另有他求。我并不为与你别离而难过啊，我只是伤心你反复无常。

【原文】

余既滋兰之九畹兮[1]，又树蕙之百亩[2]。

畦留夷与揭车兮[3]，杂杜衡与芳芷[4]。

冀枝叶之峻茂兮[5]，愿竢时乎吾将刈[6]。

虽萎绝其亦何伤兮[7]，哀众芳之芜秽[8]。

众皆竞进以贪婪兮[9]，凭不厌乎求索[10]。

羌内恕己以量人兮[11]，各兴心而嫉妒[12]。

忽驰骛以追逐兮[13]，非余心之所急[14]。

老冉冉其将至兮[15]，恐修名之不立。

朝饮木兰之坠露兮[16]，夕餐秋菊之落英[17]。

苟余情其信姱以练要兮[18]，长颔亦何伤[19]?

擥木根以结茝兮[20]，贯薜荔之落蕊[21]。

矫菌桂以纫蕙兮[22]，索胡绳之纚纚[23]。

謇吾法夫前修兮[24]，非世俗之所服。

虽不周于今之人兮[25]，愿依彭咸之遗则[26]。

【注释】

[1] 滋：种，栽种。九畹（wǎn）：表示种得很多。畹，古代面积单位，有十二亩、二十亩、三十亩一畹几种说法。

[2] 树：种植。百亩：也是种得多的意思。

[3] 畦（qí）：分畦种植。留夷：香草名，一说即芍药。揭车：香草名。

[4] 杂：掺杂栽种，套种。杜衡：亦称"杜蘅"，香草名，似葵而香，亦名杜葵，俗名马蹄香。芳芷：即白芷。

[5] 冀：希望。峻茂：高大茂盛。

[6] 竢（sì）：等待。刈（yì）：收割。

[7] 萎绝：指草木枯萎零落，比喻自己政治上的失败。

[8] 哀：悯惜。众芳：指上文提到的兰、蕙等，喻指众贤。芜秽：荒芜污秽。这两句话比喻自己培养的人才受到腐朽势力的拉拢而变质，竟然变成了一片恶草。

[9] 众：指众小人。竞进：争相钻营。贪婪：贪得无厌。

[10] 凭：楚地方言，满的椅子。厌：满足。求索：追求索取。

[11] 羌（qiāng）：楚地方言，发语词。内：自己。恕：用自己的心揣度别人的心。量：估量别人。

[12] 兴心：生心，起心。

[13] 驰骛：疾驰，奔腾。

[14] 所急：急于去做的事。

[15] 冉冉：渐渐。

[16] 饮：小口吸食。坠露：掉下的露水。

[17] 餐：吞食。落英：坠落的花朵。

[18] 苟：如果，只要。信：确实。姱：美好。练要：精粹，纯洁。

[19] 长：长期。颔：因饥饿而面黄肌瘦的样子。

[20] 擥（lǎn）：执持。木根：木兰的根。结：系上。茝：同"芷"，香草名，即白芷。

[21] 贯：穿，串连。薜荔：香草名，蔓生灌木，亦称木莲。落蕊：陨落的花蕊。蕊，花心。

[22] 矫：举。

[23] 索：绳索，这里用作动词，搓绳。胡绳：香草名，叶可作绳。纚（lí）：形容绳索长而下垂，整齐美观的样子。

[24] 謇（jiǎn）：楚地方言，发语词。法：效法。前修：前代的贤人。

[25] 周：调和，适合。

[26] 依：依照。彭咸：据王逸《楚辞章句》，彭咸是殷朝贤大夫，相传他因劝谏国君不被采纳而投水自杀。屈原在作品中多次提到他，生平事迹不可详考。遗则：留下的榜样。

【翻译】

我曾经栽植很多兰花，又种植了上百亩蕙草。分垄培植了芍药和揭车，还把杜衡和芳芷套种其间。我希望它们都枝繁叶茂，等待成熟的季节收获。即使枯萎死绝又有何伤感，可悲的是它们中途质变。大家都争着向上爬，利欲熏心而又贪得无厌。拿自己的私心去猜疑别人，勾心斗角，相互妒忌。急于奔走钻营争权夺利，这些不是我所追求的东西。只觉得老年在渐渐来临，我担心的是美好的名声不能树立。早晨我饮春兰滴下的露滴，晚上我用菊花坠落的花瓣充饥。只要我的情志精粹纯洁，神形消损又有什么关系。我用木兰的根须编结白芷，再把薜荔花蕊穿在一起。我用菌桂枝条连结蕙草，把胡绳搓得又长又美。我这是向古代的圣贤学习啊，不是世间俗人能够做得到。即使与现在的人不相容，我也愿依从彭咸这位榜样。

【原文】

长太息以掩涕兮[1]，哀民生之多艰[2]。

余虽好修姱以羁兮[3]，謇朝谇而夕替[4]。

既替余以蕙纕兮[5]，又申之以揽茝[6]。

亦余心之所善兮，虽九死其犹未悔。

怨灵修之浩荡兮[7]，终不察夫民心[8]。

众女嫉余之蛾眉兮[9]，谣诼谓余以善淫[10]。

固时俗之工巧兮，偭规矩而改错[11]。

背绳墨以追曲兮[12]，竞周容以为度[13]。

忳郁邑余侘傺兮[14]，吾独穷困乎此时也。

宁溘死以流亡兮[15]，余不忍为此态也。

鸷鸟之不群兮[16]，自前世而固然[17]。

何方圜之能周兮[18]，夫孰异道而相安？

屈心而抑志兮，忍尤而攘诟[19]。

伏清白以死直兮[20]，固前圣之所厚。

【注释】

[1] 太息：叹息。掩泣：擦眼泪。
[2] 哀：感伤。民生：民众。
[3] 虽：同“唯”，只。好：爱慕。修姱（kuā）：修洁而美好，这里指美德。（jī）羁：马缰绳和马笼头，这里比喻束缚。
[4] 謇：发语词。谇（suì）：进谏。替：废弃。
[5] 纕（xiāng）：佩的带子。
[6] 申：再次，重复。揽茝：采摘兰茝。

[7] 灵修：指楚国国君。浩荡：原指水大的样子，这里意同荒唐。

[8] 民心：人心，这里屈原自己的心思。

[9] 众女：比喻楚王周围的权贵。蛾眉：指女子美丽的容貌，又用以比喻屈原自己优秀的品质。

[10] 谣诼：造谣诽谤。淫：邪乱，荒淫。

[11] 偭（miǎn）：违背。规矩：规和矩，校正圆形和方形的两种工具，这里比喻法度。错：通"措"，措施。

[12] 绳墨：本指木工画直线时用的墨斗墨线，这里比喻正道。追曲：随意曲直，没有一定的法则。

[13] 周容：苟合取容。度：法度。

[14] 忳（tún）：忧郁，烦闷。郁邑：忧愤郁结。侘傺（chà chì）：失意而心神不定的样子。

[15] 溘（kè）死：忽然死去。流亡：指暴死野外，尸体不得收殓，而随水漂泊。

[16] 鸷（zhì）鸟：指凶猛的鸟，如鹰、雕等。不群：不与一般鸟类合群。诗人自比鸷鸟，卓立于世，不与凡鸟同流合污。

[17] 固然：本来如此。

[18] 方圜：同"方圆"。周：合。

[19] 忍尤：忍受罪过。攘诟（rǎng gòu）：容忍侮辱。

[20] 伏：通"服"，信服。死直：死于正直。

【翻译】

　　长长地叹息我眼泪流淌啊，哀叹民众的生活多么艰难。我只是爱好修洁却遭受羁縻啊，早上进谏晚上就丢了官。废弃我是因为我佩带蕙草啊，又指责我用兰茝作为佩饰。这些都是我心中追求的东西，为此就是九死也不后悔。可恨楚王实在太荒唐，始终不明察我的忠心。那些女人都妒忌我美丽的容貌，造谣诬蔑说我善于淫逸。俗人们本来就善于投机取巧，背弃规矩而又篡改措施。违背是非标准追求邪曲，争着苟合取悦以之为常行之法。忧愁烦闷我失意不安，我偏潦倒在这个时候。我宁愿马上暴死随水流去，也坚决做不出那副样子。雄鹰不与那些凡鸟同群，自古以来就是这般分明。方和圆怎么能够互相契合，志向不同的人哪能同行？我内心委屈，心情压抑，忍受着罪过，承担着羞耻。保持清白节操为正义而死啊，那才是古代圣贤所称赞的事。

【原文】

　　悔相道之不察兮[1]，延伫乎吾将反[2]。

　　回朕车以复路兮[3]，及行迷之未远[4]。

　　步余马于兰皋兮[5]，驰椒丘且焉止息[6]。

　　进不入以离尤兮[7]，退将复修吾初服[8]。

　　制芰荷以为衣兮[8]，集芙蓉以为裳[9]。

不吾知其亦已兮，苟余情其信芳[10]。

高余冠之岌岌兮[11]，长余佩之陆离[12]。

芳与泽其杂糅兮[13]，唯昭质其犹未亏[14]。

忽反顾以游目兮，将往观乎四荒[15]。

佩缤纷其繁饰兮[16]，芳菲菲其弥章[17]。

民生各有所乐兮[18]，余独好修以为常[19]。

虽体解吾犹未变兮[20]，岂余心之可惩[21]？

【注释】

[1] 相（xiàng）道：观察道路。察：看清楚，看仔细。
[2] 延伫：长久地站立，这里是踌躇不前的意思。反：同"返"。
[3] 回：掉转。复路：走回头路。
[4] 及：趁着。行迷：迷路。
[5] 步余马：慢慢骑着我的马。兰皋（gāo）：长着兰草的水边高地。
[6] 驰：马快跑。椒丘：长着椒树的山丘。焉：于此。
[7] 退：指退隐。初服：未入世时穿的衣服。
[8] 制：裁剪。芰（jì）荷：指菱叶与荷叶。衣：上衣。
[9] 芙蓉：荷花。裳：下衣。
[10] 苟：如果，果真。信芳：确实芳洁。
[11] 高：这里用作动词，加高。冠：帽子。岌岌（jí）：高高的样子。
[12] 长：用作动词，加长。佩：指佩剑。陆离：长的样子。
[13] 芳：香草，也泛指香气。泽：垢腻，污垢（王夫之说）。糅（róu）：混杂，混合。
[14] 唯：句首语气词。昭质：光明洁白的质地，比喻明洁的品质。亏：亏损。
[15] 四荒：四方荒远的地方。
[16] 缤纷：盛多的样子。繁饰：众多的彩饰，盛饰。
[17] 芳菲菲：香喷喷。弥：更加。章：通"彰"，明显，显著。
[18] 民生：人生。
[19] 常：常规，习惯。
[20] 体解：肢解，又叫车裂，古代一种分解肢体的酷刑。
[21] 惩：克制，制止。

【翻译】

　　后悔当初选择道路时不曾看清，我踌躇不前准备往回转。掉转我的车头走回原路啊，趁着误入迷途未远赶快罢休。让我的马在长满兰花的湿地上漫步，跑到遍是椒树的土坡上休息。进谏不被君王接纳反而获罪，我将退隐重新穿回当初的衣冠。我要把菱叶裁剪成上衣，用荷花把下裳织就。没有人了解我也就罢了，只要我的情志真正馥郁芳柔。把我的帽子加得更高，把我的佩带增得更长。芳洁和污垢混杂在一起，纯洁的品质不会损伤。忽然回过头纵目远望，我准备去游观四面八方。我穿着五彩缤纷的华丽装饰，散发出一阵阵浓郁清香。每个人都有自己的爱好，我独爱好修洁习以为常。即使躯体分解我也不会改变，难道我的心中还有什么畏惧？

【原文】

女媭之婵媛兮[1]，申申其詈予[2]。

曰鲧婞直以亡身兮[3]，终然夭乎羽之野[4]。

汝何博謇而好修兮[5]，纷独有此姱节[6]。

薋菉葹以盈室兮[7]，判独离而不服[8]。

众不可户说兮[9]，孰云察余之中情[10]？

世并举而好朋兮[11]，夫何茕独而不予听[12]。

【注释】

[1] 女媭（xū）：传说为屈原的姐姐。婵媛（chán yuán）：楚地方言，喘息的意思，形容愤急的神态。

[2] 申申：再三，反反复复。詈（lì）：责备，责骂。

[3] 曰：说。以下至"夫何茕独而不予听"都是女媭说的话。鲧（gǔn）：神话传说中古代部落酋长的名字，号崇伯，是夏禹的父亲。传说他奉尧命治水，九年未治平，被舜杀死在羽山。婞（xìng）直：刚直。亡身：忘我。亡，同"忘"。

[4] 夭（yāo）：死于非命。羽：羽山，神话中地名，相传在东边海滨。野：郊野。

[5] 博：多。謇：直言。博謇：爱说直话。

[6] 纷：纷然，美盛。姱（kuā）节：美好的节操。

[7] 薋（cí）：积累，积聚。菉（lù）：草名。葹（shī）：草名。

[8] 判：判然。服：佩带。

[9] 户说：挨家挨户地说明。

[10] 孰：谁。云：语助词。余：这里用如复数代词，作"我们"讲。

[11] 并举：互相抬举。好朋：喜欢结党营私。

[12] 茕（qióng）独：孤独。不予听：即不听予。

【翻译】

　　姐姐女媭愤恚急喘，她曾经一再地把我斥责。她说鲧因为太刚直不顾性命，结果被杀死在羽山的荒野。你何必太爽直又好修洁，独自去讲求美好的节操？屋子里堆满了野花野草，你却不肯佩戴，过于孤傲。众人不可能挨家挨户说明，有谁能够了解我们的本心？世上的人都互相吹捧结党营私，你为何连我的话都不听？

【原文】

依前圣以节中兮[1]，喟凭心而历兹[2]。

济沅湘以南征兮[3]，就重华而陈词[4]。

启《九辩》与《九歌》兮[5]，夏康娱以自纵[6]。

不顾难以图后兮，五子用失乎家巷[7]。

羿淫游以佚畋兮[8]，又好射夫封狐[9]。

固乱流其鲜终兮[10]，浞又贪夫厥家[11]。

浇身被服强圉兮[12]，纵欲而不忍[13]。

日康娱而自忘兮[14]，厥首用夫颠陨[15]。

夏桀之常违兮[16]，乃遂焉而逢殃[17]。

后辛之菹醢兮[18]，殷宗用而不长[19]。

汤禹俨而祗敬兮[20]，周论道而莫差[21]。

举贤而授能兮[22]，循绳墨而不颇[23]。

皇天无私阿兮[24]，览民德焉错辅[25]。

夫维圣哲以茂行兮[26]，苟得用此下土[27]。

瞻前而顾后兮，相观民之计极[28]。

夫孰非义而可用兮，孰非善而可服[29]。

阽余身而危死兮[30]，览余初其犹未悔[31]。

不量凿而正枘兮[32]，固前修以菹醢[33]。

曾歔欷余郁邑兮[34]，哀朕时之不当[35]。

揽茹蕙以掩涕兮[36]，沾余襟之浪浪[37]。

【注释】

[1] 依：依照。节中：折中，取中。

[2] 喟（kuì）：叹息，叹声。凭：愤懑。历兹：至此，直到现在。

[3] 济：渡。沅湘：沅水和湘水，都是今河南省境内流入洞庭湖的大河。南征：南行。

[4] 就：靠近。重华：虞舜的名字。传说舜葬于沅湘以南的九嶷山，所以向重华陈词要渡过沅湘南行。

[5] 启：指夏启，禹的儿子，夏朝的君主。《九辩》《九歌》：乐曲名，古代神话传说这是启上天作客时带下来的，用来祈求降雨和丰收。

[6] 夏：夏朝，指启及其儿子太康。康娱：过分地逸乐、安乐。

[7] 五子：启的五个儿子。据《史记·夏本纪》记载："帝太康失国，昆弟无人须于洛汭，作五子之歌。"一说"五子"是太康的五个儿子。用：因而。失：衍文。家巷（hòng）：内讧。巷，通"閧"。

[8] 羿：神话传说中的英雄形象，原是一位天神，曾射落九个太阳，降到人间后当上了夏代有穷国的君主，曾起兵推翻夏启之子太康，但因其荒淫残暴，不修民事，被寒浞推翻政权，后洗心革面，成为一位杀妖灭怪为民除害的英雄。佚：放肆，放纵。畋（tián）：畋猎，打猎。

[9] 好：喜好。封：大。

[10] 乱流：乱逆之流。鲜终：少有善终。

[11] 浞（zhuó）：即寒浞，相传是羿的国相。厥：其，这里指代羿。家：妻室。传说羿不理政事，国相寒浞擅权，与妃子纯狐私通，害死羿。

[12] 浇（ào）：即过浇，寒浞的儿子。被（pī）服：同"披服"。强圉（yǔ）：即"强御"，强暴有力。被服强圉：意即浑身都是力量，力量之在身，犹如衣服在身。

[13] 忍：克制。

[14] 日：天天。自忘：忘记自身的危险。

[15] 首：头。颠陨：坠落。这句是指过浇被少康所杀。

[16] 常违：违常，违背常理。

[17] 乃：于是。遂：终于，结果。逢殃：遭到殃祸。

[18] 后辛：即殷纣王。后，君主。辛，纣王的名字。菹醢（zū hǎi）：古代的一种酷刑，把人剁成肉酱。

[19] 殷宗：殷朝的宗祠，指殷商王朝。用而：因而，因此。

[20] 汤禹：商汤和大禹。俨：恭敬，庄重，庄严。祗（zhī）敬：恭敬。

[21] 周：指周初的文王、武王等人。莫差：没有差错。

[22] 举贤而授能：选拔贤人，任命能人，即选拔任命德才兼备的人。这是屈原重要的政治主张之一，在作品里反复强调。

[23] 循：遵循，按照。绳墨：比喻标准。颇：偏颇，偏差。

[24] 皇天：古人对天及天神的尊称。阿：偏袒。

[25] 错辅：安排辅助。错，通"措"，安排，实施。

[26] 维：同"唯"，独。圣哲：这里指具有超人的道德才智的人。茂行：美盛的德行。

[27] 苟：如果。用：拥有，治理。下土：天下。

[28] 相（xiàng）：观察，观看。计极：兴亡的原因。

[29] 善：道德。服：行，行事。

[30] 阽（diàn）：临近危险。危死：濒临死亡。

[31] 初：初衷。

[32] 凿：榫眼。正：审定，确定。枘（ruì）：器物的榫头。

[33] 前修：前代的贤人。

[34] 曾：通"层"，屡屡的意思。歔欷（xū xī）：哽咽，抽噎。郁邑：苦闷，忧愁。

[35] 时：时世。不当：没遇上。

[36] 茹：柔软。

[37] 沾：浸湿。浪浪：泪流不止的样子。

【翻译】

　　我依照前代圣贤的行为节制性情，满腔的愤懑至今不能平静。渡过沅水湘水向南走去，我要对虞舜倾诉衷情。夏启偷来《九辩》和《九歌》，用来寻欢作乐放纵忘情。不考虑将来看不到危难，武观得以用它在宫中淫乱。后羿爱好田猎溺于游乐，最喜欢去射杀大狐狸。本来淫乱之徒就少有好下场，寒浞杀羿霸占他的妻子。过浇自恃有强大的力气，放纵情欲不肯节制自己。天天寻欢作乐忘掉危败，最终被少康砍掉了脑袋。夏桀的行为总是违背常理，结果灾殃也就难以躲避。殷纣王把忠良剁成肉酱，殷王朝因此不能久长。商汤夏禹态度严肃恭敬，周代先王讲道没有差错。他们选拔贤者能人，遵循一定的准则不会有偏颇。上天对一切都公正无私，见谁有德就给予扶持。只有德行高尚，才能够享有天下的土地。回顾历史把将来瞻望，考察人世治变的道理。哪有不义的事可以去干，哪有不善的事可以做。我虽然面临死亡的危险，毫不后悔自己当初的志向。不度量榫眼就削正榫头，前代贤人正因此遭殃。我内心苦闷泣声不绝，哀叹自己生不逢时。拿起柔软的蕙草擦拭眼泪，热泪滚滚沾湿了我的衣襟。

【原文】

跪敷衽以陈辞兮[1]，耿吾既得此中正[2]。

驷玉虬以椉鹥兮[3]，溘埃风余上征[4]。

朝发轫于苍梧兮[5]，夕余至乎县圃[6]。

欲少留此灵琐兮[7]，日忽忽其将暮[8]。

吾令羲和弭节兮[9]，望崦嵫而勿迫[10]。

路曼曼其修远兮[11]，吾将上下而求索[12]。

饮余马于咸池兮[13]，总余辔乎扶桑[14]。

折若木以拂日兮[15]，聊逍遥以相羊[16]。

前望舒使先驱兮[17]，后飞廉使奔属[18]。

鸾皇为余先戒兮[19]，雷师告余以未具[20]。

吾令凤鸟飞腾兮[21]，继之以日夜。

飘风屯其相离兮[22]，帅云霓而来御[23]。

纷总总其离合兮[24]，斑陆离其上下[25]。

吾令帝阍开关兮[26]，倚阊阖而望予[27]。

时暧暧其将罢兮[28]，结幽兰而延伫。

世溷浊而不分兮[29]，好蔽美而嫉妒[30]。

【注释】

[1] 敷：铺开。衽（rèn）：衣裳的前襟。

[2] 耿：耿介，光明正大。中正：指正道。

[3] 驷（sì）：乘。虬（qiú）：传说中的一种无角龙。椉（chéng）：乘。鹥（yì）：传说中的鸟名，属于凤凰一类的神鸟，身有五彩花纹。

[4] 溘（kè）：忽然。埃：微小的尘土。

[5] 轫（rèn）：停车时阻止车轮的木头。发轫：拿掉阻止车轮的木头，使车前行，意即启程，出发。苍梧：山名，即九嶷山，在今湖南省宁远县东南。

[6] 县圃（xuán pǔ）：即"悬圃"，神话传说中神仙居住的地方，在昆仑山顶。

[7] 灵琐：通"灵薮"，意思是神灵集中的地方，即悬圃。

[8] 忽忽：形容时间过得很快。

[9] 羲（xī）和：古代神话传说中太阳神的驾车者。弭（mǐ）节：缓慢行驶。

[10] 崦嵫（yān zī）：山名，神话传说中被认为日落的地方，在今甘肃天水县西境。迫：迫近。

[11] 曼曼：通"漫漫"，形容路长远的样子。修远：长远。

[12] 求索：寻求，即下文的"求女"，喻指求君。

[13] 咸池：神话传说中太阳出来时洗澡的天池。

[14] 总：系结。辔：马缰绳。扶桑：神话传说中长在东方太阳升起的地方的神树。

[15] 若木：神话传说中长在西方太阳落山处的神树。拂：拂拭。

[16] 聊：姑且。逍遥：悠游自得的样子。相羊：通"徜徉"，徘徊。

[17] 望舒：神话中为月驾车的神。先驱：原指军队中的前锋，这里引申指向导。

[18] 飞廉：神话中的风神。属（zhǔ）：跟随。

[19] 鸾（luán）皇：即鸾凰，凤凰一类的神鸟。先戒：走在前面戒备。

[20] 雷师：神话中的雷神。未具：没有准备齐全。

[21] 凤鸟：凤凰，传说中的瑞鸟。

[22] 飘风：旋风，暴风。屯：聚集。离：通"丽"，附着。

[23] 帅：率领。霓（ní）：虹的一种，又称副虹。御：通"迓（yà）"，迎接。

[24] 纷总总：聚集很多的样子。离合：忽离忽合。

[25] 斑陆离：色彩斑斓的样子。上下：忽上忽下。

[26] 帝阍（hūn）：天帝的看门人。开关：打开门闩。

[27] 阊阖（chāng hé）：神话中的天门。

[28] 时：时光。暧暧（ài）：昏暗的样子。罢：结束。

[29] 溷（hùn）浊：混乱污浊。不分：指善恶不分。

[30] 好：喜欢。蔽：遮盖。美：指品德、才能皆优秀的人。

【翻译】

铺开衣襟跪在上面诉说衷肠，我获得了正道心里豁然亮堂。驾驭着玉虬，乘着凤车，在风尘的掩翳中我升腾天上。早晨我从南方的苍梧启程，傍晚就到达了昆仑山上。我本打算在神门前稍停片刻，无奈夕阳西下已经暮色苍茫。我命令羲和停下马鞭慢行，看到崦嵫山暂且止步。前面的道路啊漫长又遥远，我将上天下地寻找知音。让我的马在咸池里饮水，把马缰绳拴在扶桑树上。折下若木枝来挡住太阳，我姑且再次从容地徜徉。派望舒在前面作为向导，派飞廉在后面紧紧跟上。鸾凰为我在前戒严道路，雷神却告诉我还没有准备好。我命令凤凰展翅飞腾，日以继夜不停飞翔。旋风结聚起来互相靠拢，率领着云霓前来欢迎。云霓越聚越多忽离忽合，五光十色上下飘浮荡漾。我叫天门守卫打开天门，他却倚靠着天门对我冷望。天色渐暗时间已经晚了，我编结着幽兰久久徜徉。这个世道混浊善恶不分，喜欢嫉妒贤能抹杀所长。

【原文】

朝吾将济于白水兮[1]，登阆风而𬘡马[2]。

忽反顾以流涕兮，哀高丘之无女[3]。

溘吾游此春宫兮[4]，折琼枝以继佩[5]。

及荣华之未落兮[6]，相下女之可诒[7]。

吾令丰隆乘云兮[8]，求宓妃之所在[9]。

解佩𬘡以结言兮[10]，吾令蹇修以为理[11]。

纷总总其离合兮[12]，忽纬𬘡其难迁[13]。

夕归次于穷石兮[14]，朝濯发乎洧盘[15]。

保厥美以骄傲兮[16]，日康娱以淫游。

虽信美而无礼兮，来违弃而改求[17]。

览相观于四极兮[18]，周流乎天余乃下。

望瑶台之偃蹇兮[19]，见有娀之佚女[20]。

吾令鸩为媒兮[21]，鸩告余以不好。

雄鸠之鸣逝兮，余犹恶其佻巧[22]。

心犹豫而狐疑兮[23]，欲自适而不可。

凤皇既受诒兮[24]，恐高辛之先我[25]。

【注释】

[1] 白水：神话传说中源出昆仑山的一条河流，传说为饮之不死的神泉。

[2] 阆（láng）风：山名，神话传说中神仙居住的地方，在昆仑山上。𬘡（xiè）：系上，拴住。

[3] 高丘：楚国山名，一说是传说中的神山。

[4] 春宫：神话传说中东方青帝居住的地方。

[5] 琼枝：神话传说中玉树的枝。继佩：继续佩戴。

[6] 荣华：鲜花。

[7] 相：看。下女：下界的女子，指下文的宓妃、简狄、二姚等人，因相对于帝宫之玉女和高丘之神女而言，故称"下女"。

[8] 丰隆：神话传说中的雷神兼云神。

[9] 宓（fú）妃：神话中的人名，传说是伏羲氏的女儿，因溺死于洛水，成为洛水之神。

[10] 佩：佩带，这里指整个配饰。结言：用言辞订约。

[11] 蹇（jiǎn）修：人名，一说其为传说中伏羲氏之臣，一说为钟磬声乐的媒使，寓有磬钟通情的微妙含义。

[12] 纷总总：这里形容宓妃开始时心绪很乱，拿不定主意。离合：若即若离。

[13] 纬：乖戾，不合。

[14] 次：停宿。穷石：神话中的山名，传说是有穷氏后羿所居之地。

[15] 濯（zhuó）：洗。洧（wěi）盘：神话传说中的水名，发源于崦嵫山。
[16] 保：持，仗着。厥（jué）：其，指宓妃。
[17] 来：招呼从者的词。违弃：丢开。改求：另作追求。
[18] 览相观：三字同义连用，都是看的意思。四极：四方极远的地方。
[19] 瑶台：玉台，美玉砌的楼台。偃（yǎn）蹇：高耸的样子。
[20] 有娀（sōng）：传说中的古代部落名。佚女：美女，指有娀氏美女简狄。
[21] 鸩（zhèn）：传说中的一种毒鸟，羽毛稍置酒中，即能致人死命。这里用来比喻坏人。
[22] 恶（wù）：讨厌，厌恶。佻（tiāo）巧：轻佻巧佞。
[23] 犹豫：迟疑不决。狐疑：猜疑，怀疑。
[24] 凤皇：通"凤凰"。受：通"授"，给予，赠送。诒：通"贻"，指聘礼。
[25] 高辛：传说古代部族首领帝喾即位后用的称号。

【翻译】

　　清晨我将要渡过白水，登上阆风山，把马儿拴住。忽然回头眺望潸然泪下，哀叹楚地高丘竟然没有美女。我匆忙地游历青帝所居住的春宫，折下玉树枝条增添佩饰。趁着缤纷的花朵还未凋零，到下界送给心爱的姑娘。我命令丰隆把云车驾起，我去寻找宓妃所在的居处。解下佩戴的香囊来订下誓约，我请蹇修前去给我做媒。宓妃态度暧昧若即若离，善变乖戾难以迁就。晚上宓妃回到穷石住宿，早上又到洧盘把头发洗濯。宓妃仗着美貌骄傲自大，成天放荡不羁寻欢作乐。她虽然美丽却缺乏礼教，算了吧放弃她再去别处寻求。我在天上观察四面八方，周游一遍后我从天而降。遥望高拔耸立的玉台，我看见了有娀氏美女简狄。我请鸩鸟前去给我做媒，鸩鸟却撒谎说她不好。雄鸠叫唤着飞去说媒，我又嫌它过分诡诈轻佻。我心中犹豫而拿不定主意，想自己去又觉得不合礼仪。凤凰既然已经送去了聘礼，又恐怕帝喾比我先赶到。

【原文】

　　欲远集而无所止兮[1]，聊浮游以逍遥[2]。
　　及少康之未家兮[3]，留有虞之二姚[4]。
　　理弱而媒拙兮[5]，恐导言之不固[6]。
　　世溷浊而嫉贤兮[7]，好蔽美而称恶。
　　闺中既以邃远兮[8]，哲王又不寤[9]。
　　怀朕情而不发兮，余焉能忍而与此终古？

【注释】

[1] 集：栖息。止：停留，落脚。
[2] 浮游：漫无目的的游荡。逍遥：徘徊不进。

[3]　少康：夏代中兴之主，夏相的儿子。

[4]　有虞：古代部落名，帝喾的后裔，姚姓。二姚：指有虞国国君的两个女儿。

[5]　理、媒：都指媒人。

[6]　导言：传达疏导之言。固：坚牢。

[7]　世溷（hùn）浊：时世混乱污浊。

[8]　闺中：宫室之中。邃远：深远。

[9]　哲王：明智的君王，指楚怀王。寤：通"悟"，醒悟。

【翻译】

我想到远方去却无处安居，只好四处游荡聊以逍遥。趁少康还未成家的时节，还留着有虞国的两位阿娇待字闺中。媒人无能没有伶牙俐齿，恐怕说合的言辞说得不行。世间混乱污浊嫉贤妒能，喜欢遮蔽美德称扬邪恶。宫闱如此深远，贤智的君王又还没有醒悟。我满怀衷情无处倾诉，我怎能永远忍耐过此一生！

【原文】

索藑茅以筳篿兮[1]，命灵氛为余占之[2]。

曰两美其必合兮[3]，孰信修而慕之？

思九州之博大兮[4]，岂唯是其有女[5]？

曰勉远逝而无狐疑兮[6]，孰求美而释女[7]？

何所独无芳草兮[8]，尔何怀乎故宇[9]？

世幽昧以眩曜兮[10]，孰云察余之善恶。

民好恶其不同兮，惟此党人其独异[11]。

户服艾以盈要兮[12]，谓幽兰其不可佩。

览察草木其犹未得兮，岂珵美之能当[13]？

苏粪壤以充帏兮[14]，谓申椒其不芳。

欲从灵氛之吉占兮，心犹豫而狐疑。

巫咸将夕降兮[15]，怀椒糈而要之[16]。

百神翳其备降兮[17]，九疑缤其并迎[18]。

皇剡剡其扬灵兮[19]，告余以吉故。

曰勉升降以上下兮[20]，求矩矱之所同[21]。

汤禹严而求合兮[22]，挚咎繇而能调[23]。

苟中情其好修兮，又何必用夫行媒[24]。

说操筑于傅岩兮[25]，武丁用而不疑[26]。

吕望之鼓刀兮[27]，遭周文而得举[28]。

宁戚之讴歌兮[29]，齐桓闻以该辅[30]。

及年岁之未晏兮[31]，时亦犹其未央。

恐鹈之先鸣兮[32]，使夫百草为之不芳。

何琼佩之偃蹇兮[33]，众薆然而蔽之[34]。

惟此党人之不谅兮，恐嫉妒而折之。

时缤纷其变易兮[35]，又何可以淹留。

兰芷变而不芳兮，荃蕙化而为茅[36]。

何昔日之芳草兮，今直为此萧艾也[37]。

岂其有他故兮，莫好修之害也。

余以兰为可恃兮[38]，羌无实而容长[39]。

委厥美以从俗兮[40]，苟得列乎众芳。

椒专佞以慢慆兮[41]，又欲充夫佩帏[42]。

既干进而务入兮[43]，又何芳之能祗[44]？

固时俗之流从兮[45]，又孰能无变化。

览椒兰其若兹兮，又况揭车与江离[46]。

惟兹佩之可贵兮，委厥美而历兹[47]。

芳菲菲而难亏兮[48]，芬至今犹未沫[49]。

和调度以自娱兮[50]，聊浮游而求女。

及余饰之方壮兮[51]，周流观乎上下。

【注释】

[1] 索：索取，找来。蔍（qióng）茅：古书中的一种茅草，属于菁草之类，可以用来占卜，又称灵草。筳篿（tíng tuán）：算卦用的竹片。

[2] 灵氛：指《山海经·大荒西经》灵山十巫中的"巫盼"，是传说中的上古神巫。从《离骚》的艺术特点看来，请灵氛来占卜是虚构假设之词。

[3] 曰：主语是卜筮人灵氛，以下四句是灵氛的答语。两美：指美男和美女。《离骚》中以男女关系比喻君臣关系，以上下求女比喻追求君臣相得的理想际遇，所以这里以男女匹合来喻指圣君贤臣的遇合。

[4] 九州：古代中国分为九州，后以"九州"指全中国。

[5] 是：此处，这里，指楚国。女：美女，喻指明君。

[6] 曰：主语是卜筮人灵氛，以下四句也是灵氛劝告作者的话。勉：努力。远逝：远走。

[7] 释：放弃。女：通"汝"，指屈原。

[8] 何所：何处。芳草：喻指贤人。

[9] 怀：怀恋。故宇：旧居，故乡，指楚国。

[10] 幽昧：昏暗。眩曜（xuàn yào）：眼光迷乱。曜：通"耀"。

[11] 党人：指朝中那些结党营私的奸臣。

[12] 服：佩带。艾：艾草，也叫艾蒿，一种恶草名。盈：满。要：通"腰"。

[13] 珵（chéng）：美玉。当：得当，得宜。

[14] 苏：取，拾取。粪壤：粪土。充：塞满。帏（wéi）：香囊。

[15] 巫咸：传说为殷代的神巫，名咸。

[16] 怀：揣着，抱着。椒：花椒，用来降神。糈（xǔ）：精米，用来祭神。要：同"邀"，迎候。

[17] 翳（yì）：遮蔽。备降：一起降临。

[18] 九疑：即九嶷山。缤：缤纷。

[19] 皇：通"煌"，大。剡剡：光亮的样子。其：指巫咸。扬灵：发出灵光，显扬神灵。

[20] 曰：以下至"使夫百草为之不芳"都是巫咸劝告作者的话。升降以上下：指上天下地，周游四方，寻找贤君知己。

[21] 矩：画正方形的工具。矱（yuē）：量长短的工具。矩矱，比喻法度，准则。

[22] 严：通"俨"，庄重，恭敬。

[23] 挚：指伊尹，商汤名臣。咎繇（gāo yáo）：即皋陶，曾被帝舜任命为掌管刑法的大臣。调：协调，和谐。

[24] 行媒：做媒的使者，这里指通达己意于君王左右的媒介、侍臣。

[25] 说（yuè）：即傅说，殷高宗时的大臣，是为贤相。操：拿着。筑：筑墙的木棒。傅岩：地名，傅说服贱役的地方，在今陕西平陆县东。

[26] 武丁：殷高宗名，一代中兴之君。

[27] 吕望：即姜太公，本姓吕，名尚，曾被称为太公望。鼓：舞动。

[28] 周文：周文王姬昌。

[29] 宁戚：春秋时卫国人，相传他曾在齐国东门外做商贩，齐桓公夜出，见他正在喂牛，并敲着牛角唱歌，倾诉自己怀才不遇。桓公与之交谈后，任用为相。

[30] 齐桓：齐桓公，春秋前期齐国国君，春秋五霸之一。该辅：预备作为辅佐大臣。该，预备。

[31] 晏：迟，晚。

[32] 鹈鴂（tí jué）：鸟名，即子规，杜鹃。

[33] 琼佩：玉佩，这里比喻美好的品德。偃蹇：形容美盛的样子。

[34] 薆（ài）然：被遮蔽的样子。

[35] 缤纷：纷乱。变易：变化。

[36] 茅：茅草，这里比喻谗佞小人。

[37] 直：竟然。萧艾：萧即白蒿，艾为艾草，都是贱草，这里比喻谗佞小人。

[38] 兰：指子兰，楚怀王的小儿子。一说这里的"兰"并非实有所指，只是喻指才能卓著的人也变了质。

[39] 羌（qiāng）：楚地方言，表示反诘语气，意同"何为""为什么"。容：外表。长：华硕，美好。

[40] 委：弃。厥：其，它的。从俗：追随世俗，与小人同流合污。

[41] 椒：花椒。一说是影隐射楚大夫子椒，一说是比喻卓著的人变了质。专：专横。佞：巧言谄媚。慢慆（tāo）：傲慢。

[42] （shā）：古书上记载的类似茱萸一类的植物。帏（wéi）：香囊。

[43] 干进：追求往上爬。干，求。务入：即务必求进。

[44] 祗（zhǐ）：尊敬，敬重。

[45] 流从：一作"从流"，如水流顺势而下，滔滔不返，比喻随波逐流，趋炎附势。

[46] 揭车与江离：香草名，这里借喻原来与自己志同道合的人后来都变节了。

[47] 历兹：到这步田地。

[48] 亏：亏损。

[49] 沬（mèi）：指香气消散。

[50] 和：调和，缓和。调度：格调和法度。

[51] 及：趁着。饰：佩饰，比喻品德才能。壮：盛。

【翻译】

　　我找来了灵草和竹片，请求神巫灵氛为我占卜算卦。他说双方美好必将结合，哪个真正美好的人不会招人爱慕？想一想天下多么辽阔广大，难道只在这里才有美女存在？他说劝你远走高飞不要犹豫迟疑，哪个真心追求美好的人会把你放弃？世间哪里没有芬芳的花草，你又何必苦苦怀恋故地？世道黑暗使人眼光迷乱，谁又能够明察我心的善恶？人们的好恶本来不相同，只有这些小人格外令人不可思议。人人都把艾草挂满腰间，偏说幽兰是不可佩带的东西。对草木的好坏都分辨不清，怎么能够正确地衡量玉石的美质？用粪土塞满自己的香囊，却说佩戴的申椒一点也不芬芳。我打算听从灵氛占卜的好卦，心里犹豫迟疑决定不下。听说巫咸将在今晚降临，我带着花椒精米前去迎候他。天上诸神遮天蔽日纷纷降临，九嶷山的众神纷纷来迎接。巫咸灵光闪闪显示神灵，又告诉我灵氛占卜的缘故。他说应该努力上天下地，去寻求意气相投的同道。商汤和夏禹为人严正虚心求贤，得到伊尹和皋陶君臣协调。只要你内心善良爱好修洁，又何必一定要媒人说合？傅说在傅岩操祷杵筑墙，武丁毫不犹豫用他为相。吕望曾经敲刀做过屠夫，遇到周文王而被任用。宁戚在喂牛时敲着牛角唱悲歌，齐桓公听见后任为国卿。趁现在年轻还不是太老啊，施展才能还有大好时光。只怕杜鹃鸟叫得太早，使得百草从此不再芬芳。为什么我的玉佩这般美丽，大家却要掩盖它的光彩。想到这帮小人完全不讲信义，恐怕会出于嫉妒把它毁弃。时世纷乱变化无常，我怎么可以在这里久留？兰草和芷草都失掉了芬芳，荃草和惠草也都变成了茅草。为什么从前的这些香草，现在全都变成了荒蒿野艾？难道还有什么别的缘故，是不爱好修洁造成的祸害。我以为兰草十分可靠，谁知它却华而不实虚有其表。兰草抛弃美质追随世俗，苟且偷生得以列入芳香花草的行列！花椒专横谄媚飞扬跋扈，茱萸想混进人们佩带的香囊里冒充香草。它们既然这样热心钻营汲汲于名位，又怎么能保持芬芳。本来世态习俗就随波逐流，又还有谁能够固持原则坚定不移？看到香椒兰草变成这样，又何况揭车江离？只有我的玉佩最为宝贵啊，它的美德遭人唾弃竟到这步田地。馥郁的香气难以消散啊，到今天还在散发浓烈的香气。我调谐我的玉佩以自欢娱，姑且游荡四方寻求美女。趁着我的佩饰还很盛美，我要上天下地地周游观赏。

【原文】

灵氛既告余以吉占兮[1]，历吉日乎吾将行。

折琼枝以为羞兮[2]，精琼爢以为粻[3]。

为余驾飞龙兮，杂瑶象以为车[4]。

何离心之可同兮，吾将远逝以自疏[5]。

邅吾道夫昆仑兮[6]，路修远以周流。

扬云霓之晻蔼兮[7]，鸣玉鸾之啾啾[8]。

朝发轫于天津兮[9]，夕余至乎西极[10]。

凤皇翼其承旂兮[11]，高翱翔之翼翼。

忽吾行此流沙兮[12]，遵赤水而容与[13]。

麾蛟龙使梁津兮[14]，诏西皇使涉予[15]。

路修远以多艰兮[16]，腾众车使径待[17]。

路不周以左转兮[18]，指西海以为期[19]。

屯余车其千乘兮[20]，齐玉轪而并驰[21]。

驾八龙之婉婉兮[22]，载云旗之委蛇[23]。

抑志而弭节兮[24]，神高驰之邈邈[25]。

奏《九歌》而舞《韶》兮[26]，聊假日以媮乐[27]。

陟升皇之赫戏兮[28]，忽临睨夫旧乡[29]。

仆夫悲余马怀兮[30]，蜷局顾而不行[31]。

乱曰[32]：已矣哉[33]，国无人莫我知兮[34]，又何怀乎故都[35]！既莫足与为美政兮[36]，吾将从彭咸之所居。

【注释】

[1] 吉占：吉利的卜辞，好卦。
[2] 琼枝：玉树枝。羞：同"馐"，美味。
[3] 精：动词，精选。琼爢（mí）：玉屑，玉粒。粻（zhāng）：干粮。

[4] 杂：混杂，犹言"兼用"。瑶象：珠玉象牙。

[5] 远逝：远去。自疏：自行疏远，即主动离开楚国远行。

[6] 邅（zhān）：楚地方言，调转，转向。

[7] 扬：举。云霓：云霞，这里指云霞做的旗。晻蔼（ǎn ǎi）：云霞遮天蔽日的样子。

[8] 鸾：通"銮"，马铃。啾啾（jiū）：象声词，指铃声。

[9] 天津：天河的渡口。

[10] 西极：西方的边极，传说为日落的地方。

[11] 翼：翅。承：相接，相连。旂（qí）：竿头系铃，绘有双龙缠斗图案的旗。

[12] 流沙：神话传说中西方沙漠之地，据说那里的沙不停地流动。

[13] 遵：沿着。赤水：神话中的水名，远处昆仑山。容与：徘徊，踌躇不前的样子。

[14] 麾：指挥。蛟龙：传说中龙的两种。梁津：即在渡口间架起浮桥。

[15] 诏：命令。西皇：神话中的西方之神，传说为少皞（hào）。涉：渡过。

[16] 修远：形容路途遥远的样子。

[17] 腾：传话，告诉。径待：在路边侍卫。

[18] 路：路过。不周：神话中的山名，在昆仑山西北。

[19] 西海：古代神话传说中西部大湖名。

[20] 屯：聚集。乘（shèng）：古代四匹马拉一辆车叫"一乘"。

[21] 轪（dài）：车辖，即车轮与车轴固定在一起的插栓。

[22] 八龙：八匹神骏。婉婉：曲折蜿蜒的样子。

[23] 委蛇（wēi yí）：形容车旗迎风飘扬的样子。

[24] 抑志：抑制自己的情绪。弭（mǐ）节：停车。

[25] 神：神思，思绪。邈邈：高远的样子。

[26] 《九歌》：上古乐曲名。《韶》：即《九韶》，传说为虞舜时的乐舞。

[27] 假日：假借时日。媮（yú）：通"愉"，愉悦。

[28] 陟（zhì）：上升。皇：天。赫戏：光明的样子。

[29] 临：居高视下。睨（nì）：斜视。旧乡：故乡，指楚国。

[30] 仆夫：仆人，这里指为屈原驾驭车马的车夫。怀：眷恋，思念。

[31] 蜷局：屈身，表示不肯前进。顾：回头。

[32] 乱：楚辞篇末结束全篇的标志，是总结全篇要旨的话语，也是全篇的结语，与结束曲、尾声相似。

[33] 已矣哉：算了吧，表示绝望。

[34] 国无人：指国无贤人。

[35] 故都：指故国。

[36] 美政：指作者心目中理想的政治，如举贤授能、修明法度等。

【翻译】

灵氛已告诉我吉祥的卦辞，选个好日子我即将出行。攀折下玉树枝叶做美味，精选好玉屑做干粮。为我驾起飞速的龙车啊，车上装饰着珠玉和象牙。离德离心的人怎能同处？我将要远走高飞离开故国。我调转车头驶向昆仑山，路途遥远绕四方周游观察。举起云旗遮天蔽日，车上玉铃啾啾发出清鸣。早上从天河的渡口出发，傍晚我要到达西边日落的地方。凤凰的展翅承托着云旗，高高翱翔凌空舒展。我踽踽独行忽然来到这流沙地段，沿着赤水河边我踌躇不前。我指挥蛟龙在渡口上架桥，命令西皇将我渡到对岸。路途遥远又多艰险，我传令众车在路旁等待。路过不周山向左转弯，指定西海在那里相会。我聚集着成千辆的车子，把玉轮对齐了并驾齐驱。驾车的八匹龙马蜿蜒地前进，车上载着的云霓旗帜随风飘扬。气定神闲缓缓前进，思绪绵绵神思飞扬。奏起《九歌》，跳起《九韶》舞，姑且借此大好时光来寻求欢娱。太阳东升照得一片明亮，我忽然向下看见了故乡。我的车夫悲伤，我的马也感怀，屈身回头不肯走向前方。

尾声：算了吧！国内没有贤人，没有人了解我，我又何必怀恋自己的故乡！既然没有人能与我一起致力于实现理想政治，我将追随彭咸跳水投江。

《九歌——东皇太一》

【原文】

吉日兮辰良[1]，穆将愉兮上皇[2]。

抚长剑兮玉珥[3]，璆锵鸣兮琳琅[4]。

瑶席兮玉瑱[5]，盍将把兮琼芳[6]。

蕙肴蒸兮兰藉[7]，奠桂酒兮椒浆[8]。

扬枹兮拊鼓[9]。疏缓节兮安歌[10]，

陈竽瑟兮浩倡[11]。

灵偃蹇兮姣服[12]，芳菲菲兮满堂[13]。

五音纷兮繁会[14]，君欣欣兮乐康[15]。

【注释】

[1] 辰良："良辰"的倒文，为押韵之故，意即好时光。
[2] 穆：恭敬。愉：同"娱"，娱乐。上皇：天帝，指东皇太一。
[3] 抚：抚握。珥（ěr）：即剑珥，剑鞘出口旁像两耳的突出部分，也就是剑把。
[4] 璆锵（qiú qiāng）：佩玉互相撞击的声音。琳琅：美玉名。
[5] 瑶席：草编的席子，铺在神位前面，用来摆放祭品。玉瑱：玉器。瑱，通"镇"。
[6] 盍（hé）：合，聚合。将：举，拿起。琼：美玉名，引申为美好。
[7] 肴蒸：祭祀用的肉。藉：衬垫。
[8] 奠：进献。桂酒：用桂花泡制的酒。椒浆：用花椒浸泡的酒。
[9] 枹（fú）：击鼓槌。拊：轻轻敲打。
[10] 疏缓：稀疏缓慢。节：节拍。安歌：安详地唱歌。
[11] 陈：陈列，列队。竽：笙类的吹奏乐器，有三十六管。瑟：弹拨乐器，多为二十五弦。浩倡：放声大唱。倡：通"唱"。

[12] 灵：代表神的巫者。偃蹇（yǎn jiǎn）：形容舞姿屈伸自如、轻快优美。姣服：漂亮的服饰。

[13] 芳菲菲：香喷喷。

[14] 五音：宫、商、角、徵、羽，是我国古代音乐的五种音阶。繁会：错杂交响。

[15] 君：神君，指东皇太一。

【翻译】

　　吉祥的日子，良好的时光，恭恭敬敬地取悦天上的帝王。手抚着镶玉的长剑剑柄，身上的佩玉和鸣响叮当。精美的瑶席玉镇压四方，摆设好香茅散芳香。蕙草包裹祭肉，兰叶在下面做衬垫，桂椒酿制的美酒浆，献给上神。举起鼓槌敲得鼓声咚咚响，鼓节舒缓歌声安闲，又吹竽又鼓瑟放声歌唱。巫师舞姿优美服装更漂亮，芬芳的香气溢满厅堂。宫商角徵羽五音齐奏成交响，衷心祝神君快乐又健康。

【解读】

　　《东皇太一》是《九歌》之首，是祭祀天神中最尊贵天神的乐歌。"太一"并非神名，而是指形成天地的元气。"上皇"，是皇天上帝的意思，是楚人对天神的尊称。本篇是群巫的合唱歌舞词，诗中以合唱的形式来迎降、赞颂东皇太一。因东皇太一高踞众神之上，是至高无上、唯我独尊的天之尊神，因此全诗笼罩着庄严肃穆的气氛，使人敬畏之情油然而生。

《九歌——云中君》

【原文】

　　浴兰汤兮沐芳[1]，华采衣兮若英[2]。

　　灵连蜷兮既留[3]，烂昭昭兮未央[4]。

　　蹇将憺兮寿宫[5]，与日月兮齐光[6]。

　　龙驾兮帝服[7]，聊翱游兮周章[8]。

　　灵皇皇兮既降[9]，猋远举兮云中[10]。

　　览冀州兮有余[11]，横四海兮焉穷[12]。

　　思夫君兮太息[13]，极劳心兮忡忡[14]。

【注释】

[1] 浴：洗身体。兰汤：用兰草煮的热水。沐：洗头发。芳：指"兰汤"。

[2] 英：花。

[3] 灵：指云中神，这里指祭降云中神的女巫。连蜷（quán）：形容身姿矫健，回环宛曲的样子。

[4] 烂昭昭：天色微明，光明灿烂的样子。未央：未尽，未已。

[5] 搴（jiǎn）：发语词。憺（dàn）：安居。寿宫：云中君在天上的宫阙。

[6] 齐光：争光。

[7] 龙驾：用龙拉的车，这里指驾龙车。帝服：天帝的服饰。

[8] 聊：暂且。翱游：翱翔，有逍遥的意思。周章：周游。

[9] 灵：指云中君。皇皇：同"煌煌"，光明灿烂的样子。降：从天而降。

[10] 猋（biāo）：疾速前进。举：高飞。云中：云霄之中，高空，常指传说中的仙境。

[11] 冀州：古代中国划分为冀、兖、青、徐、扬、荆、豫、梁、雍九州，冀州为九州之首，因以代指全中国。有余：还有其他的地方，这里指所望之远，不止此一州。

[12] 横：遍及。四海：指九州以外的地方。焉穷：怎么能穷尽。

[13] 夫：语气词。君：指云中君。

[14] 劳心：忧心。忡忡（chōng）：心神不定的样子。

【翻译】

我沐浴兰汤满身飘香，穿上华美的五彩衣裳。神灵附身的巫师身姿美好让人流连，天色微明，夜色尤未尽。神将要安居在云间殿堂，功德广大与日月齐光。驾着龙车穿着五彩衣裳，暂且翱翔空中游览四方。神光灿烂你从天而降，又疾速飞入云霄远远高翔。俯瞰九州，还有其他的地方，光芒照耀九州直到宇外八荒。思念神君长长叹息，每日忧心忡忡黯然神伤。

【解读】

云中君，即"云君"，是云神，又名丰隆、屏翳。本篇是祭祀云神的歌舞词，按韵可以分为两章。写法上除了描写祭祀过程之外，还采用主祭的巫与扮云中君的巫对唱的形式，通过对唱，表达人们对云中君的热切期盼和思念，以及对云、雨的祈盼，与云中君对人们礼敬的报答。

《九歌——湘君》

【原文】

君不行兮夷犹[1]，蹇谁留兮中洲[2]？

美要眇兮宜修[3]，沛吾乘兮桂舟[4]。

令沅湘兮无波[5]，使江水兮安流[6]！

望夫君兮未来[7]，吹参差兮谁思[8]！

驾飞龙兮北征[9]，邅吾道兮洞庭[10]。

薜荔柏兮蕙绸[11]，荪桡兮兰旌[12]。

望涔阳兮极浦[13]，横大江兮扬灵[14]。

扬灵兮未极[15]，女婵媛兮为余太息[16]。

横流涕兮潺湲[17]，隐思君兮陫侧[18]。

桂棹兮兰枻[19]，斲冰兮积雪[20]。

采薜荔兮水中[21]，搴芙蓉兮木末[22]。

心不同兮媒劳[23]，恩不甚兮轻绝[24]！

石濑兮浅浅[25]，飞龙兮翩翩[26]。

交不忠兮怨长[27]，期不信兮告余以不闲[28]。

鼂骋骛兮江皋[29]，夕弭节兮北渚[30]。

鸟次兮屋上[31]，水周兮堂下[32]。

捐余玦兮江中[33]，遗余佩兮醴浦[34]。

采芳洲兮杜若[35]，将以遗兮下女[36]。

时不可兮再得[37]，聊逍遥兮容与[38]。

【注释】

[1] 君：指湘君。夷犹：犹豫不前的样子。
[2] 蹇（jiǎn）：发语词，楚地方言。谁留：为谁而留。
[3] 要眇（yāo miǎo）：美好的样子。宜修：修饰得恰到好处。
[4] 沛：形容船顺流而下的样子。吾：我，湘君自谓。乘：驾驭。桂舟：用桂木造的船，后亦用作对舟船的美称。
[5] 沅湘：指沅江、湘江。
[6] 江水：指长江。
[7] 夫：指示代词，那，这里指湘君。
[8] 参差（cēn cī）：即排箫，相传为舜所发明，其状如凤翼之参差不齐，故又名参差。
[9] 飞龙：指刻画着龙的快船，即上文所说的"桂舟"。征：行。
[10] 遭（zhān）：楚地方言，回转，绕道，改变方向。洞庭：即洞庭湖，在今湖南省北部。
[11] 薜荔：香草名，又称木莲。柏：通"箔"，帘子。绸：通"帱"，或作"（chóu）"，即床帐。
[12] 荪桡（sūn ráo）：缠绕荪草的船桨。兰：兰草。旌：旌旗上的饰物。
[13] 涔（cén）阳：地名，即涔阳浦，在今湖南省涔水北岸，澧县附近，地处洞庭湖西北岸与长江之间。极浦：遥远的水滨，指涔阳。
[14] 扬灵：发扬灵光。
[15] 未极：未至，未到达。
[16] 女：指扮演湘夫人的男巫身边的巫女。婵媛（chán yuán）：忧愁悲怨。
[17] 潺湲（chán yuán）：水不停流动的样子，这里形容泪流不止的样子。
[18] 隐：伤痛，忧痛。君：湘君。陫侧：通"悱恻"，形容内心悲痛。
[19] 棹（zhào）：船桨。枻（yì）：船舷。
[20] 斲（zhuó）：砍开，劈开。
[21] 薜荔：缘树而生的香草。
[22] 搴（qiān）：拔取，采取。芙蓉：荷花。

[23] 媒劳：媒人徒劳无用。

[24] 甚：深。轻绝：容易决绝。

[25] 石濑（lài）：沙石间的急流。浅浅（jiān）：水快速流动的样子。

[26] 翩翩：轻快飞行的样子。

[27] 交：交情。忠：忠厚。

[28] 期：约会。不信：不守信用，不赴约。

[29] 鼌（zhāo）：同"朝"，早晨。骋骛（chěng wù）：急速奔腾，这里指行船而言。皋（gāo）：水边高地。

[30] 弭：止。北渚：洞庭湖北岸的小洲。

[31] 次：止宿，栖宿。周：环绕。屋上：迎神用的屋子。

[32] 堂：坛，一种方形土台，这里指祭坛。

[33] 捐：丢弃。玦：古时佩带的玉器，似环而有缺口，常用作表示决断、决绝的象征物。

[34] 佩：古代系于衣带的装饰品，常指珠玉之类。澧：水名，在今湖南，注入洞庭湖。

[35] 芳洲：生长芳草的水洲。

[36] 遗（wèi）：丢下。下女：指湘夫人的侍女。

[37] 时：时机，机会。

[38] 聊：姑且。逍遥：徜徉，缓步行走的样子。容与：徘徊，漫步。

【翻译】

你犹豫不决不走，究竟为谁停留在水中沙洲？我修饰停当容仪美好，驾起芳香的桂舟赶到这里守候。我叫沅水湘水不要掀起风浪，让长江水安安静静地舒缓向前。我泪眼望穿你却不来，你吹排箫把谁求？我驾起龙舟向北航行，掉转船头取道洞庭。用薜荔做帘蕙草做帐，拿荪草饰桨香兰饰旌。眺望涔阳的那一方，继续扬起风帆横渡大江。我驱舟向前看不见你的踪影，你身边的侍女也为我叹息悲伤。热泪纵横不停流淌，思念你啊痛断肝肠。桂木为浆，木兰为舵，劈开层冰和积雪。就像到水中采摘薜荔，爬上树梢采摘荷花。两个人心意不同媒人也徒劳，恩爱不深厚就会轻易弃绝。沙石滩上的江水快速流淌，我的龙舟在水上飞速前行。交情不忠诚难免怨恨绵长，约会不守信却说没空闲。我早晨驱车在江边急速奔走，傍晚泊舟在北洲停留。孤独的鸟儿在屋上栖息，弯弯的江水在堂前缓流。把玉玦抛入水中央。把玉佩丢在澧水旁。在芳洲上采摘杜若，准备送给好姑娘。时光一去不会再来，暂且放宽心怀漫步在江边。

【解读】

《湘君》与下篇《湘夫人》同是祭祀湘水配偶神的祭歌。据秦汉后文献记载，传说舜帝南巡，死葬苍梧，娥皇、女英二妃追至洞庭，投水而死，成为湘水女神。后经长久流传，逐渐演变成舜为湘水之男神，即湘君，二妃为湘水之女神，即湘夫人。本篇以湘君的口吻，写了对湘夫人的思恋以及对爱情的追求。诗中依次叙述湘君精心准备后，乘舟迎接湘夫人，备尝艰辛却未能相遇，遍寻不得又重返约会地点，最终相会成为泡影后黯然离去等。情感变化曲折，情韵悠长，抒发了死生契阔、会合无缘的绵绵凄怨之情。

《九歌——湘夫人》

【原文】

帝子降兮北渚[1]，目眇眇兮愁予[2]。

嫋嫋兮秋风[3]，洞庭波兮木叶下[4]。

登白兮骋望[5]，与佳期兮夕张[6]。

鸟萃兮苹中[7]，罾何为兮木上[8]。

沅有茝兮醴有兰[9]，思公子兮未敢言[10]。

荒忽兮远望[11]，观流水兮潺湲[12]。

麋何食兮庭中[13]？蛟何为兮水裔[14]？

朝驰余马兮江皋[15]，夕济兮西澨[16]。

闻佳人兮召予[17]，将腾驾兮偕逝[18]。

筑室兮水中[19]，葺之兮荷盖[20]。

荪壁兮紫坛[21]，播芳椒兮成堂[22]。

桂栋兮兰橑[23]，辛夷楣兮药房[24]。

罔薜荔兮为帷[25]，擗蕙櫋兮既张[26]。

白玉兮为镇[27]，疏石兰兮为芳[28]。

芷葺兮荷屋[29]，缭之兮杜衡[30]。

合百草兮实庭[31]，建芳馨兮庑门[32]。

九嶷缤兮并迎[33]，灵之来兮如云[34]。

捐余袂兮江中[35]，遗余褋兮醴浦[36]。

搴汀洲兮杜若[37]，将以遗兮远者[38]。

时不可兮骤得[39]，聊逍遥兮容与[40]！

【注释】

[1] 帝子：指湘夫人。在神话传说中，湘夫人的原型是帝尧的女儿娥皇、女英，女儿在古代也可称"子"。故称湘夫人为"帝子"。北渚：指靠近洞庭湖北岸的小洲。

[2] 眇眇（miǎo）：远望的样子。愁予：使我发愁。

[3] 嫋嫋（niǎo）：又作"袅袅"，微风吹拂的样子。

[4] 波：动词，起水波。木叶：树叶。

[5] 白（fán）：水草名，即草，生于湖泽，秋季生长，形状像莎草而稍大。骋（chěng）望：放眼远望。

[6] 佳：佳人，指湘夫人。期：约会。夕：黄昏。张：陈设，布置。

[7] 萃（cuì）：聚集、汇集。苹（pín）：水草名，多年生草木，生浅水中。

[8] 罾（zēng）：用木棍或竹竿做支架的方形渔网。

[9] 茝（chǎi）：白芷，香草名。

[10] 公子：指湘夫人。未敢言：不敢说出来。

[11] 荒忽：即恍惚，渺渺茫茫、看不清楚的样子。

[12] 潺湲（chán yuán）：水缓慢而流的样子。

[13] 麋（mí）：野兽名，即麋鹿，也叫"四不像"。

[14] 蛟：古代传说中的一种龙，常居水中深渊，能发洪水。水裔：水边。

[15] 朝：早晨。余：女巫自称。皋：水边高地。

[16] 济：渡。

[17] 佳人：爱人，即湘君。

[18] 腾驾：飞快地驾车。偕逝：一同前往。

[19] 室：古代称堂后为室。

[20] 葺（qì）：原指茅草覆盖房屋，亦泛指覆盖。

[21] 荪壁：用荪草装饰墙壁。荪，香草名。紫：这里指紫贝，是一种珍美的水产。

[22] 播：播散。椒：花椒。成：通"盛"，涂饰。

[23] 桂栋：用桂木做的梁栋。橑（liáo）：屋椽。

[24] 辛夷楣：用辛夷做的房屋的次梁。辛夷：又名木笔，木兰科，落叶乔木。药：即白芷。房：卧房。

[25] 罔：同"网"，这里作动词，编结。帷：帷帐。

[26] 擗（pǐ）：拆开。榝（mián）：隔扇。既张：已经张挂好。

[27] 镇：镇席，压住坐席的东西。

[28] 疏：放置。石兰：香草名，即山兰，兰草的一种。

[29] 芷葺：以白芷覆盖的屋顶。荷屋：盖着荷叶的屋。

[30] 缭：缭套。杜衡：香草名，俗称马蹄香。

[31] 合：集合。百草：指各种香草。实：充满。

[32] 芳馨（xīn）：芳香，借指各种香草。庑：堂下周围的走廊、廊屋。

[33] 九嶷：指九嶷山。缤：缤纷。

[34] 灵：指扮神的女巫。

[35] 捐：抛弃。余：女巫自称。袂（mèi）：衣袖。

[36] 遗：丢下。褋（dié）：禅衣，指贴身穿的汗衫之类。醴浦：澧水之滨。

[37] 搴（qiān）：采摘，折取。汀（tīng）洲：水中或水边的平地。杜若：香草名，又名山姜。

[38] 遗（wèi）：赠予。远者：在远处的人，指湘夫人。

[39] 骤得：一下子得到。

[40] 聊：姑且。逍遥：悠游自得的样子。容与：徘徊，漫步。

【翻译】

夫人快些降临在这江北小洲上，我望眼欲穿心中悲痛忧伤。萧瑟的秋风徐徐吹拂，洞庭湖波涌浪翻，树叶纷纷飘落。我登上白举目远望，与佳人约会早已准备停当。但鸟儿为什么聚集水草里，鱼网为什么挂在树梢上？沅水有白芷，澧水有香兰，心中思念你，口中不敢声张。恍恍惚惚向远方张望，只见湘江北去流水潺潺。麋鹿为什么觅食在庭院中？蛟龙为什么回游在水边？早晨我在江边跃马飞驰，傍晚我渡过江到了西岸。听到佳人的亲切召唤，我驾起快车一同高飞远去。我们将宫室筑在水中央，把荷叶盖在屋顶上。用荪草装饰墙壁，用紫贝来铺地面，用花椒和泥涂抹祭坛。以桂木做正梁，用兰木做橡子，用辛夷做门框，用白芷做卧房。编织薜荔做帷帐，蕙草挂在帐顶上。白玉为镇压住坐席，摆上石兰满室芬芳。荷叶屋顶再加放白芷，杜衡缠绕让满院飘香。聚集香草布满庭院，香花摆在门旁走廊。九嶷山众神纷纷前来恭贺新宅，众神云集纷纷扬扬。把衣袖抛向滚滚江流之中，把禅衣扔向澧水之滨。我在沙洲上采摘杜若，准备送给远方的人聊表寸心。美好的时光不能骤然得到，暂且悠闲漫步独自排遣忧伤。

【解读】

本篇和《湘君》相对应，写了湘夫人对湘君的怀恋，表达了思念又无奈却终不能相见的伤感惆怅的心情。诗中依次描述了湘夫人因不得与湘君相见而忧愁烦恼，思念湘君却不能吐露心声的矛盾，想象与湘君会面的美好场景，最终却未能与湘君相见的惆怅伤感。

《九歌——大司命》

【原文】

广开兮天门[1]，纷吾乘兮玄云[2]。

令飘风兮先驱[3]，使雨兮洒尘[4]。

君迴翔兮以下[5]，逾空桑兮从女[6]。

纷总总兮九州[7]，何寿夭兮在予[8]！

高飞兮安翔[9]，乘清气兮御阴阳[10]。

吾与君兮斋速[11]，导帝之兮九坑[12]。

灵衣兮被被[13]，玉佩兮陆离[14]。

壹阴兮壹阳[15]，众莫知兮余所为[16]。

折疏麻兮瑶华[17]，将以遗兮离居[18]。

老冉冉兮既极[19]，不寖近兮愈疏[20]。

乘龙兮辚辚[21]，高驼兮冲天[22]。

结桂枝兮延伫[23]，羌愈思兮愁人[24]。

愁人兮奈何[25]，愿若今兮无亏[26]。

固人命兮有当[27]，孰离合兮可为[28]？

【注释】

[1] 广开：大开。天门：传说天帝所居的紫微宫之门。

[2] 纷：多而浓密的样子。玄云：黑云，浓云。

[3] 令：叫。飘风：旋风，狂风。先驱：前导，在前开路。

[4] （dōng）雨：暴雨。

[5] 君：对大司命的尊称。迴翔：像鸟儿一样盘旋飞翔。

[6] 逾：越过。空桑：传说中的山名，产琴瑟之材。女：通"汝"，你，这里指众巫。

[7] 纷总总：盛多的样子。

[8] 何：为什么。寿：长寿。夭：短命。

[9] 安翔：平稳徐缓地飞翔。

[10] 清气：天地间清明之气。阴阳：指天地间的阴阳二气。

[11] 与：跟。君：大司命。斋速：虔诚而恭谨的样子。斋，当为齐字之讹。

[12] 帝：天帝。九坑：即九州，泛指人世间。

[13] 灵衣：神灵的衣裳。被被：通"披披"，长、大的样子。

[14] 陆离：光彩闪耀。

[15] 壹阴兮壹阳：即"一阴一阳"，时晦时明的意思，形容变化多端。

[16] 众：指一般世俗的人。余：我，大司命自述。

[17] 疏麻：传说中的神麻。瑶华：神麻的花朵。

[18] 遗（wèi）：赠给。

[19] 冉冉（rǎn）：渐渐。极：至。

[20] 寖（jìn）：稍稍。近：亲近。

[21] 龙：指龙车。辚辚：车声。

[22] 驼：同"驰"，飞驰。冲天：冲向天空。

[23] 延伫（zhù）：长久地站立。

[24] 羌：使人愁闷。

[25] 奈何：如何，怎么办。

[26] 愿：希望。无亏：指身体健康，没有亏损，犹言珍重。

[27] 固：本来。当：正常。

[28] 孰：谁。离合：分离与团圆，这里指人和神的分离和聚合。

【翻译】

敞开天宫的大门，我乘上浓密的乌云。命令旋风为我开道，叫暴雨为我清除路尘。神君盘旋飞翔从空中下降，我越过空桑将您紧跟。九州之上芸芸众生，谁生谁死都握在我手上。高空里徐徐地翱翔，乘驾着清气掌握着阴阳。我虔诚恭敬地为您做向导，把上帝权威带到九州山冈。我穿的云衣飘动长又长，我佩的玉佩闪烁放光芒。我时而晦暗时而亮，谁也不知道我搞什么名堂。折一枝神麻的玉色花朵，准备送给将离去的神灵。衰老已经渐渐地到来，如果再不亲近神灵就会日益疏远。大司命乘着龙车车声辚辚，它高飞冲天啊直入重云。我手持一束桂枝久久伫立，越是想念啊越是伤心。伤心哀愁又能怎样？宁可保持现状身体没有损伤。人的寿命本来有短长，面对人神的离合谁又能做什么？

【解读】

本篇是上古祭大司命之神的歌舞词。大司命，旧说多指星宿。据本篇"何寿夭兮在予"看来，大司命是主寿夭之神。其中扮演大司命的男巫的唱词，既有他的自述，也有他对少司命的唱词。通过这些唱词，描写了大司命的威严、神秘和冷酷，表现了人们祈求永命延年、珍惜生命的美好愿望以及对大司命神的敬畏之情。

《九歌——国殇》

【原文】

> 操吴戈兮被犀甲[1]，车错毂兮短兵接[2]。
> 旌蔽日兮敌若云[3]，矢交坠兮士争先[4]。
> 凌余阵兮躐余行[5]，左骖殪兮右刃伤[6]。
> 霾两轮兮絷四马[7]，援玉枹兮击鸣鼓[8]。
> 天时怼兮威灵怒[9]，严杀尽兮弃原野[10]。
> 出不入兮往不反[11]，平原忽兮路超远[12]。
> 带长剑兮挟秦弓[13]，首身离兮心不惩[14]。
> 诚既勇兮又以武[15]，终刚强兮不可凌[16]。
> 身既死兮神以灵[17]，子魂魄兮为鬼雄[18]。

【注释】

[1] 操：挥舞。吴戈：兵器名，吴国制造，当时吴国的冶铁技术较先进，吴戈因锋利而闻名。被，通"披"，穿着。犀甲：犀牛皮制作的铠甲，非常坚硬。
[2] 错：交错。毂（gǔ）：车轮的中心部位，周围与车辐的一端相接，有圆孔，可以插轴，这里泛指战车的轮轴。短兵：指刀剑一类的短兵器。
[3] 旌：旗。
[4] 矢交坠：两军相射的箭纷纷坠落在阵地上。
[5] 凌：侵犯。躐（liè）：践踏。行（háng）：行列。
[6] 左骖（cān）：古时用四匹战马牵一辆战车，居中的两匹叫"服"，两旁的两匹叫"骖"。殪（yì）：死。刃伤：受刀伤。

[7] 霾（mái）：通"埋"，遮掩，掩埋。絷（zhí）：拴住马足。

[8] 援：拿着。枹（fú）：鼓槌。鸣鼓：声音响亮的鼓。

[9] 天时：上天际会，这里指上天。天时怼（duì）：指上天都怨恨。怼，怨恨。

[10] 严杀：严酷的厮杀。尽：皆，全都。

[11] 出不入：指壮士出征，决心以死报国，不打算再进国门。反：同"返"，返回。

[12] 忽：渺茫，不分明的样子。超远：遥远无尽头。

[13] 挟：夹持。秦弓：指秦地所产的良弓。战国时，秦地木材质地坚实，制造的弓射程远。

[14] 首身离：身首异处。不惩：不畏惧。

[15] 诚：诚然，确实。武：威武，指武艺高强。

[16] 终：始终。凌：侵犯。

[17] 神以灵：指精神成为神灵，指死而有知，精神永生。

[18] 子：对战士亡灵的尊称。鬼雄：鬼中的英雄，用以称誉为国捐躯者。

【翻译】

手挥着吴戈，身披着犀牛甲，敌我车轮交错，白刃相厮杀。旌旗蔽日阵前敌人多如云，飞箭如雨，勇士奋战向前。敌人侵犯我军阵地，我军队列遭践踏，左侧骖马倒地死，右服也被刀扎伤。车轮深陷啊四匹战马被拴住，挥动鼓槌敲起震天战鼓。苍天哀怨神灵发怒，将士阵亡尸横沙场。壮士出征报国一去不复返，荒原渺茫路途遥远漫长。佩带长剑臂下夹持着秦弓，即使身首分离也将无所畏惧。你们真是既勇敢啊又有武艺，始终刚强不屈啊不可欺凌。如今身虽死啊精神却永存，你们的魂魄啊也是鬼中英雄。

【解读】

国殇，指为国牺牲的将士。从诗词内容来看，应指在秦楚战争中牺牲的楚国将士。诗中前十句描绘了激烈而悲壮的战斗场面，写出了楚国战士的英勇神武。后八句悼念将士为国捐躯，歌颂了战士们至死不渝的英雄气概和爱国精神，并以此激励民众，实现退敌保国、洗雪国耻的愿望。

《天问》

【原文】

曰：遂古之初[1]，谁传道之？

上下未形[2]，何由考之？

冥昭瞢暗[3]，谁能极之？

冯翼惟像[4]，何以识之？

明明暗暗[5]，惟时何为[6]？

阴阳三合[7]，何本何化[8]？

圜则九重[9]，孰营度之[10]？

惟兹何功[11]，孰初作之[12]？

斡维焉系[13]？天极焉加[14]？

八柱何当[15]？东南何亏[16]？

九天之际[17]，安放安属[18]？

隅隈多有[19]，谁知其数？

天何所沓[20]？十二焉分[21]？

日月安属[22]？列星安陈[23]？

出自汤谷[24]，次于蒙汜[25]。

自明及晦[26]，所行几里？

夜光何德[27]，死则又育[28]？

厥利维何[29]，而顾菟在腹[30]？

女岐无合[31]，夫焉取九子[32]？

伯强何处[33]？惠气安在[34]？

何阖而晦[35]？何开而明？

角宿未旦[36]，曜灵安藏[37]？

【注释】

[1] 遂古：远古。遂，通"邃"，远，往。

[2] 上下：指天地。

[3] 冥：昏暗。昭：光明。瞢（méng）暗：昏暗不明、模糊不清的样子。

[4] 冯（píng）翼：大气鼓荡流动的状态。像：本无实物存在的只可想象的形象，景象。

[5] 明明暗暗：指天分昼夜而有明有暗。

[6] 时：通"是"，这个。

[7] 阴阳：阴气和阳气。三合：参错相合。三，通"参"。

[8] 本：本源。化：化生，派生。

[9] 圜（yuán）：同"圆"，指天体。九重：古说天有九重，极言其高。重，层。

[10] 营度：量度营造。营，经营。度，度量。

[11] 兹：此，这。何功：何等的工程。

[12] 孰：谁。

[13] 斡（guǎn）：运转的枢纽，转轴。维：指系于轴上的绳索，这里指空间维度。

[14] 天极：天的顶端。加：放置，安放。

[15] 八柱：古代传说有八座大山做支撑天宇的柱子。当：支撑。

[16] 亏：缺陷。

[17] 九天：指天的四面八方。际：边界。

[18] 安：哪里。放：依傍。属（zhǔ）：连接。

[19] 隅：角落。陳（wēi）：弯曲的地方。

[20] 沓（tà）：会合，指天地相合。

[21] 十二：指十二辰，即日月在黄道上的十二个会合点。焉分：怎样划分。属：依附，寄托。

[22] 陈：排列。

[23] 汤（yáng）谷：或作"旸谷"，神话中地名，传说太阳由此升起。

[24] 次：停宿，止息。

[25] 蒙汜（sì）：古代神话中太阳在晚上停住的地方。

[26] 明：天亮。晦：夜晚。

[27] 夜光：指月亮。德：通"得"。

[28] 死：指月缺而渐没。育：指月没而复圆。

[29] 厥：其，指月亮。利：好处。

[30] 顾菟（tù）：菟，即"兔"，"顾菟"是月中的兔名，闻一多《天问疏证》认为是蟾蜍。

[31] 女岐：或作"女歧"，神话传说中的神女。合：交配，婚配。

[32] 取：得，生。

[33] 伯强：传说中北方的一位风神。

[34] 惠气：即惠风，和畅的风。

[35] 阖（hé）：关闭。

[36] 角宿（xiù）：星座名，二十八宿之一，东方青龙的第一宿，由两颗星组成，夜里出现在东方，古代传说两颗星之间为天门。旦：明。

[37] 曜（yào）灵：指太阳。

【翻译】

请问：远古开始之时的情形，是谁把它传给后代的？天地尚未成形之前，又根据什么考察出来？明暗不分浑沌一片，谁能探究根本原因？宇宙混沌一团，怎么识别将它认清？白天光明夜晚黑暗，究竟为什么这样安排？阴阳渗合而生万物，哪是本体哪又是支派？天体分为九重，是谁环绕它量度确定的？这是一个多么巨大的工程，当初建造它的又是何人？使天体围绕轴心旋转的绳系，到底拴在什么地方？天轴的顶盖究竟架在何方？八根支持天体的擎天柱，安放在哪里？东南方的地面为什么缺损不齐？平面上的九天边际，各在哪里依傍相连？天际的角落曲折很多，又有谁能知道它们确切的数量？天在哪里与地交会？黄道天体又是怎样划分为十二区的？日月天体依托在哪里？众星在天如何置陈？太阳从旸谷升起，到蒙谷落地；从天亮到天黑，所走之路究竟几里？月亮有着什么高尚的德行，可以缺而复圆？那月中黑点是什么东西，难道是一只蟾蜍在里面？神女女岐没有配偶，为何能够产下九子？风神伯强住在何处？那和畅的风又是从哪里吹来？为什么天门关闭就是夜晚，天门开启就是白天？东方角宿还没有放光，太阳又藏在什么地方？

《九章——怀沙》

【原文】

滔滔孟夏兮[1]，草木莽莽[2]。

伤怀永哀兮[3]，汩徂南土[4]。

眴兮杳杳[5]，孔静幽默[6]。

郁结纡轸兮[7]，离慜而长鞠[8]。

抚情效志兮[9]，冤屈而自抑[10]。

【注释】

[1] 滔滔：一作"陶陶"，形容夏季暑热之气旺盛的样子。孟夏：阴历四月，初夏时节。

[2] 莽莽：这里形容草木茂盛的样子。

[3] 伤怀：伤心。永：长。

[4] 汩（yù）：楚地方言，水流很快的样子。徂（cú）：往，去。南土：楚国的南部领土，指江南的沅湘流域。

[5] 眴（shùn）：同"瞬"，转动眼睛，眨眼。杳杳：昏暗，幽深。

[6] 孔：很，甚。幽默：寂静无声。

[7] 郁结：形容心中忧郁的情思缠结积聚的样子。纡轸（yū zhěn）：绞痛。纡，萦绕。轸，痛。

[8] 离：通"罹"，遭遇，遭受。慜（mǐn）：同"愍"，忧患。鞠：窘困。

[9] 抚：按。效：通"挍（jiào）"，考核。

[10] 自抑：强自压抑。

【翻译】

四月初夏暖洋洋，草木繁茂莽莽苍苍。内心止不住的哀伤，我急急忙忙奔向南方。举目四望一片昏暗，死一般沉寂听不到一丝声响。无穷的委屈和悲痛郁结心头，身遭不幸有喝不完的苦浆。考核检查我的情怀和志向，满腹的委屈和冤枉深藏在我的心房。

《远游》

【原文】

览方外之荒忽兮[1]，沛罔象而自浮[2]。

祝融戒而还横兮[3]，腾告鸾鸟迎宓妃[4]。

张《咸池》奏《承云》兮[5]，二女御《九韶》歌[6]。

使湘灵鼓瑟兮[7]，令海若舞冯夷[8]。

玄螭虫象并出进兮[9]，形蟉虬而逶蛇[10]。

雌蜺便娟以增挠兮[11]，鸾鸟轩翥而翔飞[12]。

音乐博衍无终极兮[13]，焉乃逝以徘徊。

舒并节以驰骛兮[14]，逴绝垠乎寒门[15]。

轶迅风于清源兮[16]，从颛顼乎增冰[17]。

历玄冥以邪径兮[18]，乘间维以反顾[19]。

召黔嬴而见之兮[20]，为余先乎平路。

经营四荒兮[21]，周流六漠[22]。

上至列兮[23]，降望大壑[24]。

下峥嵘而无地兮[25]，上寥廓而无天。

视倏忽而无见兮[26]，听惝恍而无闻[27]。

超无为以至清兮，与泰初而为邻[28]。

【注释】

[1] 方外：世外。荒忽：形容朦胧恍惚的样子。

[2] 沛：形容水流动的样子。罔（wǎng）象：本指水怪或水神名。这里引申指水势盛大。

[3] 祝融：神名，帝喾时的火官，后尊为火神。衡：车辕头上的横木，这里代指车。还衡：回车。

[4] 腾告：传告。鸾鸟：凤凰一类的鸟。宓（fú）妃：神话传说中的洛水女神。

[5] 张：奏起。《咸池》：传说是尧时的乐曲。《承云》：即《云门》，传说是黄帝时的乐曲。

[6] 二女：指尧帝的两个女儿娥皇、女英，均为舜帝的妻子。御：侍候。《九韶》：传说是舜时的乐曲。

[7] 湘灵：古代神话传说中的海神。

[8] 海若：古代神话传说中的海神。冯（píng）夷：古代神话传说中的河神，即河伯。

[9] 玄螭（chī）：古代传说中一种没有角的黑龙。虫象：即罔象，古代传说中的一种水怪。

[10] 形：形体。蟉虬（Iiào qiú）：屈曲盘绕的样子。

[11] 便（pián）娟：轻盈美好的样子。挠：通"绕"，缠绕，纠缠。

[12] 轩翥（zhù）：高飞的样子。

[13] 博衍：形容乐声博大广远、舒展绵延的样子。

[14] 舒：纵，放开。并节：两两相并的马鞭。驰骛（wù）：恣意奔跑。

[15] 逴（chuō）：远。绝垠：天边，极远的地方。寒门：古代神话传说中的北极之门，是北方极寒冷的地方。

[16] 轶：超过，超越。迅风：疾风。清源：指北极寒风的源头，传说中的八风之府。

[17] 颛顼（zhuān xū）：北方的天帝，"五帝"之一，号高阳氏。增冰：层层积累的冰雪，乃北方严寒景象。

[18] 玄冥：北方之神。邪径：斜路，崎岖小路。

[19] 乘：登。间维：指天地之间。古称天有六间，地有思维，故称。

[20] 黔嬴（qián yíng）：天上造化神名。

[21] 经营：犹往来。四荒：指东、西、南、北四方荒远之地。

[22] 周流：遍游，四处游观。六漠：即东、西、南、北四方，再加上下。

[23] 列（quē）：亦作"列缺"，指高空中闪电所显现的空隙。

[24] 大壑：大海。

[25] 峥嵘：深远，深邃的样子。

[26] 倏（shū）忽：疾速的样子，这里形容看不清楚。

[27] 惝恍（chǎng huǎng）：这里形容听起来模糊不清。

[28] 泰初：即太初，指天地未分以前的元气，后亦指天地形成前的时期。

【翻译】

观览世外之地的茫昧幽暗，我仿佛在汪洋大海里上下浮游。火神祝融劝告我调转车头，我传告青鸾神鸟将宓妃远迎。张设《咸池》之乐，演奏《承云》之曲，娥皇、女英唱出《九韶》之歌。让湘水之神敲奏瑟乐，让海神与河伯合舞助兴。无角黑龙与水怪一起出没，体形屈曲婉转延伸。彩虹轻盈优美层层环绕，青鸾神鸟在高处翱翔不停。音乐旋律舒展没有终止，于是我远去周游徘徊。放下马鞭让车队尽情奔驰，远到天边北极的冰寒之地。乘着疾风抵达清气之源，追随北帝颛顼到达冰天雪地之所。通过北方水神的崎岖小路，在天地两维之间顾盼不已。招呼造化之神前来见面，叫他为我先行把道路铺平。我往来四方荒凉之地，遨游六合广漠之境。向上到达闪电之至高空隙，向下俯瞰大海之至深。下界茫茫似没有大地，上方空空似没有高天。模模糊糊什么也看不见，恍恍惚惚什么也听不清。超越无为清静的境界，和天地元气结伴为邻。

《卜居》

【原文】

屈原既放[1]，三年不得复见。竭知尽忠[2]，而蔽鄣于谗[3]。心烦虑乱，不知所从。往见太卜郑詹尹曰[4]："余有所疑，愿因先生决之[5]。"詹尹乃端策拂龟[6]，曰："君将何以教之[7]？"屈原曰："吾宁悃悃款款朴以忠乎[8]？将送往劳来斯无穷乎[9]？宁诛锄草茅以力耕乎？将游大人以成名乎[10]？宁正言不讳以危身乎？将从俗富贵以媮生乎[11]？宁超然高举以保真乎[12]？将呰訾栗斯[13]，喔咿儒儿以事妇人乎[14]？宁廉洁正直以自清乎？将突梯滑稽

[15]，如脂如韦[16]，以洁楹乎[17]？宁昂昂若千里之驹乎？将氾氾若水中之凫乎[18]？与波上下，偷以全吾躯乎[19]？宁与骐骥亢轭乎[20]？将随驽马之迹乎？宁与黄鹄比翼乎[21]？将与鸡鹜争食乎[22]？此孰吉孰凶？何去何从？世溷浊而不清，蝉翼为重，千钧为轻[23]；黄钟毁弃[24]，瓦釜雷鸣[25]；谗人高张[26]，贤士无名。吁嗟默默兮[27]，谁知吾之廉贞！"詹尹乃释策而谢，曰："夫尺有所短，寸有所长，物有所不足，智有所不明；数有所不逮[28]，神有所不通[29]。用君之心，行君之意，龟策诚不能知事[30]。"

【注释】

[1] 既：已经。放：放逐。

[2] 竭：尽。知：同"智"，智慧，才干。

[3] 蔽鄣：遮蔽，阻挠。谗：指谗佞之人。

[4] 太卜：官名，周时属春官，为卜筮官之长。郑詹尹：太卜的姓名。

[5] 因：通过，凭借，依靠。决：分辨，判断。

[6] 端：摆正，摆放整齐。策：古代卜筮用的蓍（shī）草。龟：龟甲，古代用作占卜的工具。

[7] 教：告诉。

[8] 宁：宁可，宁愿。悃悃（kǔn）款款：忠诚勤勉的样子。朴：本性，本质。

[9] 将送往劳：迎来送往，指到处周旋逢迎。来：归服，这里指退隐山林。

[10] 游：游说。大人：指达官贵人。

[11] 媮（tōu）生：苟且求活，无所作为地生活。

[12] 超然：形容远走高飞、遗世独立的样子。高举：远离尘嚣，这里指退隐山林。保真：保全真实的本性。

[13] 呢訾（zú zī）：以言献媚。栗斯：阿谀奉承之态。栗：恭谨，恭敬。斯：语助词。

[14] 喔咿（wō yī）：献媚强笑的样子。儒儿：强颜欢笑的样子。

[15] 突梯：圆滑的样子。滑稽（gǔ jī）：指善于巧言谄媚。

[16] 脂：油脂。韦：本指熟牛皮，这里意为"柔软"。

[17] 楹：房屋的柱子。

[18] 氾氾：漂浮、浮行的样子。凫（fú）：野鸭。

[19] 偷：苟且偷生。

[20] 亢轭（kàng è）：并驱齐驾。

[21] 黄鹄（hú）：天鹅，这里喻指高才贤士。

[22] 鸡鹜（wù）：鸡和鸭，这里喻指小人或平庸的人。

[23] 千钧：代表最重的东西。古制三十斤为一钧。

[24] 黄钟：古乐中十二律之一，是最响最宏大的声调。这里指声调合于黄钟律的大钟。

[25] 瓦釜：陶制的锅。这里代表鄙俗音乐。

[26] 高张：指坏人气焰嚣张，趾高气扬。

[27] 吁嗟（xū jiē）：感慨，叹息。默默：形容无话可说的样子。

[28] 数：数理，卦数。不逮：比不上，不及。

[29] 神：神明。

[30] 知事：一作"知此事"，当从之。

【翻译】

屈原已经遭受放逐，三年没能再见到楚怀王。他竭尽智慧效忠国家，却因小人的谗言谤语而受到冤蔽。他心烦意乱，不知应该怎么办。于是去拜访太卜郑詹尹问卜，屈原说："我对有些事疑惑不解，希望通过您的占卜帮助我分析判断。"郑詹尹就摆好占卜用的蓍草，拂去龟甲上的灰尘，问道："不知您想问什么事？"屈原说："我应该诚恳朴实、忠心耿耿呢，还是迎来送往、巧于逢迎？应该垦荒锄草勤劳耕作呢，还是游说权贵而沽名钓誉？应该毫无隐讳地直言为自己招祸，还是顺从世俗贪图富贵而苟且偷生？应该超然世外保持正直操守呢，还是像取媚妇人一样阿谀逢迎、强颜欢笑？应该廉洁正直以保持自己的清白呢，还是圆滑诡诈，像熟牛皮一样油滑适俗？应该像志行高远的千里马呢，还是像浮游不定的野鸭随波逐流而保全自身？应该与骏马并驾齐驱呢，还是追随劣马亦步亦趋？应该与天鹅比翼高飞呢，还是同鸡鸭在地上争食？上述这些事情，哪个是吉哪个是凶，哪个不能做哪个可以做？现在的世道混浊不清，是非不清，薄薄的蝉翼被认为很重，千钧之物却被认为太轻；音响洪亮的黄钟大吕竟遭毁弃，瓦釜陶罐却打得像雷鸣；谗佞小人嚣张跋扈，贤明之士则默默无闻。唉，不说了吧，谁能了解我的廉洁忠贞！"郑詹尹于是放下蓍草辞谢，说："一尺有嫌它太短之处，一寸有觉其太长之时；世间万物都有不足之处，智者也有不懂的地方，卦数有占卜不到的事情，神灵的法力也有所不至。请您花心思实行您的主张，龟甲和蓍草实在不能料知此事。"

【解读】

"卜"，卜问；"居"，居处。"卜居"的意思是占卜自己该怎么处世。本篇相传为屈原所作，但在学术界一直颇有争议，近现代一些楚辞研究者认为该篇是"伪作"。这篇文章采用了散文式的叙述手法，通过提出十几个问题来卜问处世方法，表达了屈原对当时社会的黑暗腐败的愤慨和不满，歌颂了他坚持美善、不与丑恶同流合污的斗争精神。

《九辨》

【原文】

悲哉秋之为气也！萧瑟兮草木摇落而变衰[1]，憭栗兮若在远行[2]，登山临水兮送将归，泬寥兮天高而气清[3]，寂寥兮收潦而水清[4]，憯凄增欷兮薄寒之中人[5]，怆怳恨兮[6]，去故而就新，坎廪兮贫士失职而志不平[7]，廓落兮羁旅而无友生[8]。惆怅兮而私自怜。燕翩翩其辞归兮[9]，蝉漠而无声[10]。雁廱廱而南游兮[11]，鹍鸡啁哳而悲鸣[12]。独申旦而不寐兮[13]，哀蟋蟀之宵征[14]。时亹亹而过中兮[15]，蹇淹留而无成[16]。

【注释】

[1] 萧瑟：草木被秋风吹拂所发出的声音。摇落：动摇脱落。
[2] 憭慄（Iiáo Ii）：亦作"憭栗"，形容凄凉的样子。
[3] 泬漻（xuè Iiáo）：晴朗空旷，天高气清的样子。
[4] （jì Iiáo）：清澄平静的样子。同"寂"，水清的样子。雨水，积水。
[5] 憯（cǎn）悽：悲痛的样子。增：屡次。欷（xī）：叹息。薄寒：秋天轻微的寒气。中（zhòng）：侵袭，伤害。
[6] 怆怳（chuàng huǎng）：失意的样子。恨（kuǎng Iiàng）：失意惆怅。
[7] 坎廪（kǎn Iǐn）：坎坷不平，这里指困顿，不得志。贫士：宋玉自称。失职：失去官职。
[8] 廓落：空寂而感到孤独。羁旅：作客异乡。友生：知心朋友。
[9] 翩翩：飞行轻快的样子。
[10] 漠：同"寂寞"，静默无声的意思。
[11] 廱廱（yōng yōng）：这里指雁鸣声。
[12] 鹍（kūn）鸡：鸟鸣，形似鹤，黄白色。啁哳（zhāo zhā）：形容鸟声烦杂而细碎。
[13] 申：到达。申旦，通宵达旦。
[14] 宵征：夜行。
[15] 时：年纪。亹亹（wěi）：行进不停的样子。过中：过了中年，趋于老境。
[16] 蹇（jiǎn）：发语词。淹留：滞留，久留。

【翻译】

叫人悲伤啊秋天的气氛，大地萧瑟啊草木衰黄凋零。心中凄凉啊好像要出远门，登山临水送别友人踏上归程。晴空万里啊天宇秋高气爽，清澈平静啊积水清澈澄明。凄凉叹息啊微寒袭人，悲伤叹息啊背井离乡前往新地，世途坎坷啊贫士失官心中不平。空虚孤独啊流落在外没有朋友，失意惆怅啊形影相依自我怜悯。燕子翩翩飞翔归去啊，寒蝉寂寞也不发响声。

大雁鸣叫向南翱翔啊，鸡不住地啾啾悲鸣。独自通宵达旦难以入眠啊，聆听那蟋蟀整夜的哀音。时光流逝已经过了半生啊，滞留他乡仍然是一事无成。

《招魂》

【原文】

朕幼清以廉洁兮[1]，身服义而未沫[2]。

主此盛德兮[3]，牵于俗而芜秽[4]。

上无所考此盛德兮，长离殃而愁苦。

帝告巫阳曰[5]："有人在下[6]，我欲辅之[7]。

魂魄离散[8]，汝筮予之[9]！"

巫阳对曰："掌梦[10]。

上帝其难从。若必筮予之[11]，恐后之谢[12]，不能复用巫阳焉。"

【注释】

[1] 朕：我，屈原自指。廉洁：行为正派、高洁无私。
[2] 服：践行，履行。沬（mèi）：昏暗不明。
[3] 主：固守，秉持。盛德：充实、充盛的德行。
[4] 牵：牵制，拖累。芜秽：萎枯污烂，这里比喻污浊混乱的环境。
[5] 帝：上帝。巫阳：古代神话里的巫师。
[6] 有人：这里指杰出的人才。在下：在下界、人间。
[7] 辅：帮助，辅佐。
[8] 魂：即独立于人身体之外存在的精神。魄：古人认为是依附肉体存在的精神。
[9] 筮（shì）：用筮草占卜。"筮予之"是指通过占卜，知道魂魄在哪儿，再返其身的意思。
[10] 掌梦：掌管梦的官。
[11] 若：你，这里指巫阳。
[12] 谢：凋零、零落。

【翻译】

我年幼时就高尚无私，献身于道义而未昏暗不明。固守这种盛大的美德，却被世俗牵累进入污浊环境。君王不考察这盛大的美德，让我长期受难而愁苦不已。上帝诏告巫阳说："有贤人在下界，我想要去帮助他。但他的魂魄已经离散，你可以用占卦将灵魂还给他。"巫阳回答说："占卦是掌梦官做的事，上帝的命令我难以遵从。你一定占卦把魂魄还给他，恐怕迟了魂魄就消散了，再把魂招来也没有用了。"

《大招》

【原文】

青春受谢[1]，白日昭只[2]。

春气奋发，万物遽只[3]。

冥凌浃行[4]，魂无逃只。

魂魄归来！无远遥只。

【注释】

[1] 青春：春天，春季。谢：离去。受谢，是说春天承接着冬天离去。
[2] 昭：明媚，耀眼。只：语气词。
[3] 遽（jù）：竞相，竞争。
[4] 冥：幽冥，幽暗。凌：驰骋。浃（jiā）：湿透，这里指遍布。

【翻译】

四季交替冬去春来，太阳是多么明媚灿烂。春天的气息蓬勃奋发，世间万物竞相生长。

幽冥之神驰骋于天地之间，魂灵也没有地方可以逃亡。魂魄归来吧！不要去遥远的地方。

附录二 《楚辞》及其研究概述

一、什么是楚辞？

楚辞包括诗体名称和书籍名称两种涵义。

作为诗体名称，它是指战国后期以屈原为代表的诗人吸取楚地方言、声韵和民歌形式而创作的一种带有楚国地方特色的新诗体，即"楚辞体"。因《离骚》之名，又称"骚体"。

作为书籍名称，它是指首先由刘向辑录而后由不知名的编者增录而成的屈原、宋玉等人的作品合集。刘向《楚辞》原书早亡，现存《楚辞》一书是后人通过东汉王逸《楚辞章句》（原书亦佚）、宋洪兴祖《楚辞补注》（《楚辞章句》的补充）等追溯、揣测而成的。

《楚辞》作为以屈原作品为主体的具有楚文化特征的诗人们的诗歌总集，收入了屈原所作《离骚》《九歌》（共 11 篇）《天问》《九章》（共 9 篇）《远游》《卜居》《渔父》，宋玉所作《九辩》《招魂》，景差《大招》，贾谊《惜誓》，淮南小山《招隐士》，东方朔《七谏》，严忌《哀时命》，王褒《九怀》，刘向《九叹》，共 16 部作品。后王逸增入了自己所作的《九思》，成 17 部作品。

一、楚文化与《楚辞》

《楚辞》是在楚文化这块特定的土壤中绽放的绮丽的花朵。

楚文化的特点有二：

其一：神巫性

这是楚文化最突出的特点。所谓"信巫觋（鬼），重淫祠"（《汉书·地理志》)。

楚人信巫而好祠，"其祠必作歌乐，鼓舞以乐诸神"。这是楚地独特的民风民俗，原始信仰所决定的。

在战国中晚期，中国文化已经形成了南北两大系统。北方文化已经逐渐摆脱原始文化的束缚，开始理性化，而南方文化则在神话、巫术、宗教的笼罩下，显示了不同于中原文化的特质。这种特质的形成，是由楚地的偏僻和文化的不开化所决定的。

其二：浪漫性

楚地文化的落后，使他们没有中原地区严格的宗法制度、等级制度，个性精神上也比较独立；而重鬼信巫风俗的盛行，万物有灵的思维方式，又使他们摆脱现实束缚，而与天地精神相往来。因此精神视野开阔恣肆，思维也趋向繁复多样，文学想象谲怪恢弘。

楚文化对楚辞的影响有二：

其一、独特的文化背景及风俗特点，决定了楚文化与中原文化的不同，表现在诗歌中就是《楚辞》浪漫主义与《诗经》现实主义的区别。楚辞那瑰丽的文采，神奇的想象，浪漫的气息，都是神奇绚烂的楚文化的产物。

王逸《九歌章句序》："昔楚国南郢之邑，沅湘之间，其俗信鬼而好祠，其祠必作歌乐鼓舞，以乐诸神。屈原放逐，窜伏其域，怀忧苦毒，愁思怫郁。"可见，巫术与诗歌关系之密切。而且因为楚地诗歌中少了礼法、伦理的束缚，所以，诗歌更具有飘逸、奇诡、幽眇、恣肆的浪漫气息。

其二：楚民歌对楚辞表达形式的影响

与中原民歌相比较，楚歌特点是：

第一、句式活泼，参差错落。

第二、句中多有语气词"兮"字的运用。

第三、辞藻更华美，抒情更愤激。

如《越人歌》：

"今夕何夕兮？搴舟中流；今日何日兮？得与王子同舟。蒙羞被好兮，不訾诟耻。心几烦而不绝兮，知得王子。山有木兮木有枝，心悦君兮君不知。"

又如《沧浪歌》："沧浪之水清兮，可以濯我缨，沧浪之水浊兮，可以濯我足。"

像这类以"兮"字为语气词的句式，正是楚辞体诗歌的一个突出特点。

"屈宋诸骚，皆书楚语，作楚声，纪楚地，名楚物，故可谓之楚辞。"（见宋·黄伯思所著《校定楚辞序》）。

三、《楚辞》的影响与价值

楚辞是屈原首创一众诗才响应模仿而成的一种新诗体，并且也是中国文学史上第一部浪漫主义诗歌总集，楚辞之后，中国诗歌开始了从集体歌唱到个人独立创作的新时代，对后世文人独立个性的确定，各种文体的发展都有重要影响。

《楚辞》参差灵活的句式以及"寄情于物"、"托物以讽"的表现方法，开启了中国浪漫主义文学的肇端。后世的四大体裁诗歌、小说、散文、戏剧皆不同程度存在其身影。不仅如此，其中蕴含的深沉的爱国主义情怀和积极顽强的斗争精神也给一切追求光明坚持正义的人士以精神上的莫大鼓励。李白曾吟诗称赞道："屈平词赋悬日月，楚王台榭空山丘。"

四、《楚辞》的研究

楚辞研究的奠基人是司马迁和刘向。

司马迁在《史记》中为屈原立传，提供了屈原生平的重要资料；西汉末年，刘向辑录屈原、宋玉的作品，以及汉代作家模仿屈诗的作品，编成《楚辞》一书，奠定了楚辞研究的文献学基础。此后，楚辞的注本甚多，归结起来不外这样两个方面：

其一是考证。主要代表有东汉王逸的《楚辞章句》、隋释智匠《楚辞音》残卷、宋洪兴祖《楚辞补注》、清蒋骥《山带阁注楚辞》、清戴震《屈原赋注》，这些注本，在文字训诂、探求音义上功力深厚。其中，《楚辞章句》是楚辞的最早注本，王逸本就是楚地之人，他对楚地方言较为熟悉，他所作注释，注意吸收各家意见，尤其在阐释楚地方言和保存各家之说上，为以后的解读提供了可靠的依据。洪兴祖的补注，是在王逸《楚辞章句》的基础上进行的。据陈振孙《直斋书录解题》的介绍，洪兴祖阅读过楚辞的各家善本。他的补注，在王逸注释之下，逐条校补疏通，对名物训诂做了详尽的考证和诠释，不仅对旧有注释多有改正，而且广征博引，保留了许多汉魏六朝时期的旧说，对古音、古字的研究也有着重要的参考价值。《楚辞音》则主要是对楚辞读音的考证了。音韵的考证，对楚辞的押韵方式和楚辞的诗体特点研究，有着重要的意义。蒋骥的注本，最具参考价值的便是他对屈原生平的考证。蒋骥注本书末附有《楚辞地理》五图，详细考辨了屈原的生平行迹，虽然个别结论依然还有争议。戴震的《屈原赋注》，是典型乾嘉学派的风格。书中几乎没有什么空谈义理的内容，全是对文字、名物扎扎实实的考证，其价值，比起那些空谈义理的东西更具有隽永实用的价值。

其二是阐释。这方面的典型代表是朱熹的《楚辞集注》。朱熹认为前代注释只注重微言，未能注意到大义，所以他的注本着力于阐释大义。朱熹有很多卓越的见解，但也有穿凿附会，尤其屈原《离骚》明显的把忠君和爱国视为一体的思想，正中朱熹下怀，给朱熹以借题发挥的巨大空间。纵观两千年来的楚辞研究，其主要倾向就是想调和《楚辞》愤世嫉俗和《诗经》忠君守礼两种品格之间的矛盾。王逸、朱熹莫不如是。这些研究者把《诗经》、《楚辞》共同纳入带有儒家理想色彩的文化背景之中，并为其排列了传承顺序，其用意当然在于维护封建礼教。但是，司马迁和王逸率先将屈原和楚辞纳入儒家诗教传统，另外还有一个重要的目的，那就是刻意通过这种方法使楚辞能为当时的以儒家思想为主流的正统文化所接受，使楚辞得以保留和传承。其阐释虽多牵强和偏颇，但其用心良苦应该是可以理解的。然而，这种一厢情愿的解读方法，严重偏离了楚辞的内容和实质，企图弥合屈原和儒家之间的隙缝和冲突，是难以自圆其说的。

《诗经》与楚辞向来被认为是中国文学的两大开端，《诗经》是儒家经典，对后世的影响主要在美刺和温柔敦厚方面；楚辞呢？由于后世注家的偏向，很大程度上也被儒化了。就连《九歌》中的爱情篇章也要被说成比喻君臣。其实，屈原本身的人格魅力并不仅仅在忠君爱国，更重要的是他能在国君昏庸、谗臣横行的政治环境下，依然能为了自己的理想而不屈不饶地直谏和抗争，这些与儒家的温柔敦厚显然是格格不入的人格精神。鲁迅所说"其影响于后来之文章，乃甚或在三百篇以上"指的正是这一点。

"五四"被普遍认为是楚辞现代研究的开始，在西学东渐的大背景之下，学者们纷纷采用新的方法，拓展思路，力求用新的视角来阐释这门古老的学问，加之不断有新出土的文献，时至今日，在不到百年的时间里，论著已是数以百计，论文更是数以千计。也产生了一大批成就卓著的知名学者和楚辞研究的专家。近百年来楚辞研究的问题主要集中在这几个方面：

（一）楚辞的文献整理。尽管《楚辞》与《诗经》并称，却并未列入五经，这一点其实是很重要的。《诗经》称经，后人在辑补刻印之时便不敢随意改动，成为了不刊之作，所以后世《诗经》之文献学著作甚少，大多为阐发；楚辞却不然，东汉时期王逸的写本已是无迹可寻（今存最早善本是明正德十三年吴郡黄省曾校、高第刊本），就连在刊刻极为发达的宋代，洪兴祖的最初注本也已不见，今存刻本已是明嘉靖间佚名所刻仿宋本，所以楚辞至今还有很多文献工作需要完成。《天问》便是典型的代表。《天问》中很多字句有明显的不顺畅，有学者认为是错简所致。其文因年代久远已难以考辨。但是如果早受重视，古人多有整理、校勘，也未必至此。《诗经》遭秦火尚能如此完好地保存，不得不说与他们本身所受的重视程度有着极大的关系。

近代研究楚辞，文献整理仍然是最为重要的方面，在这方面也是成绩斐然。如游国恩先生的《楚辞注疏长编》、是他花很大精力编纂的一部资料汇编，它们非常有助于研究者参考利用，可省却不少翻检之劳，尤其该长编每一句原诗的注疏末，都附有编纂者自撰的〔按语〕，这些〔按语〕力求辨别真伪，剖析疑义，梳理线索，而后才作出判断，所说虽属一家之言，然因系综合了历代诸家之说基础上而发，所以极具文献价值。

与游国恩先生同时且同样成就卓越的是姜亮夫先生。他的《楚辞书目五种》是他注重文献风格的体现。书中分楚辞书目提要、楚辞图谱提要、绍骚隅录、楚辞札记目录、楚辞论文目录五种，这是一部研究楚辞必备的参考工具书，它不仅列出了楚辞各家刻本，还将后代研读资料、模拟仿作以及读书札记中对楚辞的品评搜集备至，资料汇集全面，是任何研究楚辞的学者都不能绕开的文献。尤其姜先生早年在巴黎求学所制书卷胶卷，更是为楚辞的文献版本作出了重要的贡献。《楚辞通故》则是姜亮夫先生自己研究楚辞的心得和成果。《楚辞通故》第一辑为天事、舆地、人事部，第二辑为历史、意识、制度部，第三辑为文物、博物、书篇部，第四辑为词部。全书内容涉及哲学、史学、民俗学、民族学、考古学、文化学、宗教学、古文字学、训诂学、声韵学、图谱学等。全书分为十大类：词，天事，地舆，人事，历史，文物，制度，博物，意识，解题与文体，每大类下又分别有小类。这本著作，力求通故，对楚辞中所涉及的典故、名物无不上下求索，从文学、历史、文物等各个角度予以阐释，态度是异常认真的，正如姜亮夫先生在《自叙》中所说："据楚史、楚故、楚言、楚习及楚文化之全部，具像以探赜屈宋作品之真义。作为中土古民族文化之典范，自内证以得之，遮拨数千年诬枉不实之旧说。……至于今世国人，动以中土旧史比附西说，以汉语挹注欧罗巴语法。"姜先生的治学精神，对今日的学者仍是有启发意义的。稍后的饶宗颐先生著有《楚辞书录》。此书比较详细地介绍了楚辞各个古本的刊刻、流传以及保存情况，也具有较高参考价值，然而相较之下，功力尚不及姜亮夫先生的著作。以上几家在楚辞整体上着力较多，闻一多先生的楚辞研究则有所偏重，在文献工作上，闻一多先生的成就在《天问疏证》上，是研究《天问》的力作。此外，像詹安泰先生的《楚辞笺疏》，陈子展先生的《楚辞直解》等亦是楚辞诸多注本中较有影响的著作。

近年来，出土文物又极大推进了楚辞的文本解读和文献整理。主要有安徽寿县出土的鄂君启节等。湖北江陵望山一号楚墓出土的竹简。山东临沂银雀山汉墓出土的竹简。长沙马王堆汉墓出土的帛书五星占及帛画等。陕西临潼县出土的利簋铭文。江陵天星观一号楚墓发掘出的竹简。湖北随县擂鼓墩号墓出土的编钟、磬、鼓、瑟、琴、笙、箫等器物。江苏盱眙出土的楚汉窖藏品等。此外，还有云梦出土的秦简、阜阳出土的汉简。长沙三国大量竹简尚在整理之中。这些文献，还有待进一步的整理。

总的说来，楚辞的文献工作是楚辞研究中各个方面成绩最大的，前辈学者们继踵古代学者的成就，以旧学为根基，辅以西学的路子，在大的框架上基本梳理清了楚辞的名物、典故、本事等方面的内容，进一步扫清了楚辞阅读中的障碍，当代的研究，更多已是在细节上的修补。

（二）屈原生平研究。屈原的生平虽然在《史记》中有记载，但事迹还是过于简略，生平中极为重要的生卒年问题就没有给出明确的答案。对于这一问题，很多学者都从不同角度给出了自己的研究成果。郭沫若先生以"摄提贞于孟陬兮，惟庚寅吾以降"为依据，采用天文历法的推算方法，认为其生年是公元前340年正月七日；以端午节为期，推论其卒年为公元前279年五月五日（《屈原研究》）。郭沫若先生的考证，有点违背了孤证不立的原则，仅以天文历法推算，未必是靠得住的。林庚先生就认为，只依靠星名，是无法圆通解释的。他认为，生年应是公元前335年正月七日（《屈原生卒年考》）。汤炳正先生认为是公元前342年正月二十六日（《屈原赋新探》）。其中，浦江清先生的考辨较为圆通，他认为是公元前339年正月十四日（《屈原生年月日的推算问题》）。这一说法得到了较多的认同，不过至今这一问题的讨论还没有中止。毕竟，这一问题不是仅仅涉及到屈原作品的研究，对弄清楚辞的渊源问题也是有很大帮助的。举个词史上的例子，如柳永的生卒年，在唐圭璋先生考证后，发现柳永的生年并不是原来所认为的晚于晏殊等人，相反而是早于他们，这样的话，词史也必然有所改写了。

此外，还有屈原先祖的问题，屈原放逐时间和次数的问题，这些问题几经讨论，大多数已在学术界内达成共识。"屈原除了在郢都任职外，有两次飘落在外的经历。一次是汉北，这是在屈原遭到楚怀王疏远之时，自己离开了郢都。《九章·抽思》云：'有鸟自南兮，来集汉北。'但他在汉北仍不能忘怀君国故都：'惟郢路之辽远兮，魂一夕而九逝。'另一次是在江南，历经长江、洞庭湖、沅水、湘水等处，这是屈原遭顷襄王放逐之地。在长期的流放生活中，屈原积聚了深厚的悲痛和思念之情，并通过诗歌表达出来。可以说，他的大部分诗篇都是与漂泊生涯的关（的关，确切相关之意）的。"

关于屈原的生平研究，还有一个较为突出的现象，便是怀疑屈原的真实性。由胡适最早在《读〈楚辞〉》中提出，陆侃如之后参与了讨论（陆侃如是不同意胡适的观点的），至当代仍有朱东润等学者响应胡适的观点，朱东润先生于1951年在《人民日报》上发表了四篇文章阐述自己的否定论观点，其实，屈原的真实性是毋庸置疑的，这也反映出胡适一以贯之的神化民间，否定古典的学术观念。这种观念，至今仍有余波。

（三）屈原思想的研究。在这方面的研究，主要涉及两方面的问题，一是屈原是否是爱国诗人，一是屈原的思想流派。这一问题，曾经引起过较大的争论，尤其是建国初期。因为这一时期的讨论与政治联系过为紧密，在以往的综述中，这一部分往往被数笔带过。其实，这部分内容是很值得重视的。文学史由当代人写，也是写给当代人的，必然不可避免地带有当代学术研究之思想烙印。如讨论屈原是爱国诗人、人民诗人，这类的文章具代表性的有：闻一多《人民的诗人——屈原》（《诗歌月刊》1946.5.6），郭沫若《人民诗人屈原》（《中国青年》1950年7期《人物杂志》1950年5.6期），林庚《民族诗人屈原传》（《光明日报》1951.4.15.16.17），文怀沙《人民诗人屈原》（《光明日报》1952.5.28），褚斌杰《屈原——热爱祖国的诗人》（《大公报》1953.6.13），郭沫若《伟大的爱国诗人——屈原》（《人民日报》1953.6.15），游国恩《纪念祖国伟大的诗人屈原》（《人民日报》1953.6.15），郑振铎《纪念伟大的诗人——屈原》（《人民日报》1953.6.15），茅盾《纪念我国伟大的诗人屈原》（《人民日报》1953.9.28）。在上个世纪50年代，讨论这一问题的文章是非常之多的，这与屈原在这一时期被评为世界四大文化名人之一是有着重要关系的。

　　（四）比较研究。屈原的《离骚》以幻想的方式创作，充满了瑰奇的想象。后世西方文学作品但丁的《神曲》、歌德的《浮士德》与之相类，梁启超先生最早在 1922 年东南大学的演讲《屈原研究》中由衷赞美屈原作品中的想象力，认为后世除了但丁的《神曲》很少有出其右者。后来的徐志啸先生的《屈原与但丁》详细地比较了二者的异同。这是与外国文学的比较，所得的启示与结论更多已是比较文学的研究范畴，以及文学的普遍规律，这只能视作外延性的研究了，对楚辞本身解读的帮助其实是不大的。相较之下，与《诗经》的比较研究，对楚辞的解读意义更大，这也是由梁任公发端。用比较研究而又有益解读楚辞的显著成果，便是钱锺书先生《管锥编》中的《楚辞洪兴祖补注十八则》了。钱先生对《离骚》之义的新解，对《九歌》中人称变换的解读，对《天问》缺点的批评，都是深刻且思辨的，如认为《九歌》巫觋在表演中兼有人神两种属性，"胥出一口，宛若多身，叙述搬演，杂用并施，其法当类后世之'说话'、'说书'。时而巫语称'灵'，时而灵语称'予'，交错以出，《旧约全书》先知诸《书》可以连类。天帝降谕先知，先知传示邦人，一篇之中称'我'者，或即天帝，或即先知；读之尚堪揣摩天人贯注，神我流通之情状。"批评《天问》时，也表现出了他独特的高度，一反学术界对楚辞一味地赞美，"使无《离骚》、《九歌》等篇，《天问》道'瑰诡'之事，均先秦之'世世传说'，独立单行，仍不失为考史之珍典；博古者'事事'求'晓'，且穿穴爬梳而未已。谈艺衡文，因当别论。篇中蹇涩突兀诸处，虽或莫不寓弘意眇指，如说者所疏通证明，然此犹口吃人期艾不吐，傍人代申衷曲，足徵听者之通敏便洽，而未得为言者之词达也。《天问》实借《楚辞》他篇以为重，犹月无光而受日以明，亦犹拔茅茹以其汇，异于空依傍，无凭藉而一篇跳出者。《离骚》、《九歌》为之先，《九章》、《远游》为之后，介乎其间，得无蜂腰之恨哉！"对楚辞的比较研究，这样的方法是更值得注意的。

　　（五）文艺阐释方面。这方面为楚辞打开新思路的发轫之作当属王国维的《屈子之文学精神》。王国维受尼采、叔本华的思想影响，尝试用西方观念来观照我国的古典文学，治楚辞他也采用了这样的方法，他认为屈原是南北文化融合、以北方文化为主的诗人，"南人而学北方之学者也"，而"女姿之詈，巫咸之占，渔父之歌，皆代表南方学者之思想，然皆不足以动屈子"；屈子诗歌兼具"北方人之感情"与"南方人之想象"，所以成为"大诗歌"。他在《宋元戏曲考》第一次提出《楚辞·九歌》为"后世戏剧之萌芽"的观点，也为后世所广泛采用和接纳。

20世纪，对楚辞的文艺阐释，比较重要的著作有梁启超《楚辞解题及其方法》，闻一多《闻一多全集》中《什么是九歌》和《楚辞校补》等篇章，游国恩《楚辞论文集》，林庚《诗人屈原及其作品研究》，聂石樵《屈原论稿》，汤炳正《屈赋新探》。这些论著，对楚辞的艺术成就进行了较为全面和深入的阐释，在一些基本问题上已经达成了共识，如楚辞是我国浪漫主义文学的源头，屈原是第一位独立创作文学的伟大诗人，在艺术上瑰奇壮丽的想象，香草美人的象征手法，香草美人的意象，《九歌》中华丽深婉的语言，悲壮、崇高、绮丽的美学意蕴，深邃的哲理思考。这些都是前辈学者的贡献，但是从整体上看，文艺学的研究是没有文献学上的贡献大的。根据褚斌杰先生主编《楚辞研究·20世纪屈原研究论文索引》来做统计的话，将近2700篇的论文，涉及文艺学研究的不到三分之一，而且又多集中在《九歌》、《天文》、《招魂》等篇，这在一定程度上反映了楚辞研究的不足。半个世纪以来，文学上的研究总是和西方的新方法关联着的。从引进西方的新方法到质疑新方法，又再度以实证工作为主，再到注重方法，这样的思潮不可避免地影响到了文艺学方面的研究。这方面的研究尚有很大空间，是未来研究的努力方向。

《楚辞》对中国文学的发展有极其深广的影响，几乎每个文学领域，各个不同的体裁的文学都不同程度存在它的身影。郑振铎在《屈原作品在中国文学史上的影响》一文中给予《楚辞》极高的评价："像水银泻地，像丽日当空，像春天之于花卉，像火炬之于黑暗的无星之夜，永远在启发着、激动着无数的后代的作家们。"

骚体

骚体文学包括楚歌和楚赋，它们有二个共同特点：其一是以《楚辞》中作品为模拟范式，其二是"兮"的大量运用；后者构成了骚赋有别于其他作品最明显的外在标志。刘邦《大风歌》、汉武《秋风辞》等帝王作品，以至整个两汉魏晋骚体都是《楚辞》的继承者。胡国瑞《魏晋南北朝文学史》曾指出"包括建安到魏末的抒情小赋言，可说都远袭楚辞"。唐崇诗，文坛中心在诗，但韩愈、柳宗元、皮日休三家为代表的骚体作家，在中晚唐复兴。宋至清，据姜亮夫《楚辞书目五种》第三部《绍骚隅录》，这一时期作骚体作品有50人，约110题，共计作品300余篇。这些，都是直接起源于《楚辞》。

"楚辞"对赋的影响

赋体文学出于"楚辞"。

赋体的形成前人有多说，从大的方面讲，它与《诗经》传统、战国诸子文风、纵横家排比论辩的气势不无关系，然而最重要、最直接的渊源则是"楚辞"。从句型上看，赋体文有的全部或大部运用骚体句，如枚乘《七发》等；有的大量运用散句的散体赋，如之后宋代苏轼《前赤壁赋》等。从题材上和描写手法看，赋体文的主要题材是约定俗成的，构思方法有规可循，这种类型化倾向来自前代的模仿，由于《楚辞》提供了最典丽优雅的榜样。

后世赋多为仿作，刘熙载《艺概》说司马相如的《大人赋》出于《远游》，曹植《洛神赋》出于《湘君》《湘夫人》等；郭沫若甚至说《远游》是《大人赋》的初稿，张衡的《思玄赋》简直是《离骚》的翻版，这些说法虽不尽然，但可见《楚辞》对赋体的影响。

"楚辞"对诗歌的影响

《楚辞》是公认的与《诗经》并峙的一座诗的丰碑，它创造了新的诗体，对诗歌的发展有极其重要的作用。首先，《楚辞》开创性地打破了《诗经》四言为主，重章叠韵的体式；其次，《楚辞》丰富了诗歌的题材，拓展了诗歌的表现领域，如招隐诗、游仙诗等便是直接从《楚辞》孕育出来的，政治咏怀诗等，受《楚辞》的影响亦很大；最后，最重要的是，《楚辞》在诗坛开创了一种文学传统，今人视为"浪漫主义"诗风的一派都无一例外受其启发，从中汲取精神与艺术的滋养。屈原、阮籍、李白，以至于龚自珍等的作品，正是此种浪漫主义诗风的体现。

"楚辞"对散文的影响

散文是与韵文相对的，《楚辞》虽然是韵文，但它对散文的作用也很明显。首先，它具备散文因素，如句式上长短不齐，有散文化倾向；如它抒发胸臆，辞章结构安排与散文通；如内涵上既可抒情又可言志，可论说也可质疑，与散文相接等。因此鲁迅《汉文学史纲要》称《史记》为"无韵之《离骚》"。其次，它开创的写法如问对及谋篇构思的方法，为散文所汲取。如《卜居》《渔父》都是一问一答，活泼有趣，后世类似文章连绵不绝，因此《文选》专门设"对问"、"设论"这类文体，《文心雕龙》也归入杂文。从东方朔的《答客难》到柳宗元的《愚溪对》无不从这种思路来。孙综在《山晓阁选唐大家柳柳州全集》

中评"屈子泽畔行吟,柳州愚溪对答,千古同慨"。第三,是骚体句人散文。在散文体中插入骚体句,可以抒怀、可以励志,犹画龙点睛,向为文章家习用。

"楚辞"对戏剧的影响

戏剧是综合性的表演艺术,《楚辞》对戏剧的贡献来自两个方面。一个方面,是部分作品包含了某些戏剧成分,如《九歌》,本身就是迎神娱神的歌舞乐章,就其文学的意义说则是先秦一部戏剧。王国维《宋元戏曲考》直言为戏曲"萌芽":"是则灵之为职,或偃蹇以象神,或婆娑以乐神。盖后世戏剧之萌芽,已有存焉者矣"。另一个方面,是《楚辞》中人物在戏剧的表现。其中,仅屈原的事迹,据马晓玲《引商刻羽吊屈原》一文:历代的杂剧、传奇等有近二十种(包括未完成品),其作者包括睢景臣、吴弘道、徐应乾、袁晋、汪柱、顾彩、丁澎、李东琪等,郑瑜《汨沙江》(杂剧)、尤侗《读离骚》(杂剧)、周乐清《纫兰佩》(杂剧)、张坚《怀沙记》(传奇)、胡盍朋《汨罗沙》(传奇)等,今仍存世。近代,《楚辞》故事更是大量剧增,可说《楚辞》已融入戏剧文化中。

"楚辞"对小说的影响

相对而言,《楚辞》与小说关系较疏,只是一种文学的交融与渗透。《楚辞》对小说的贡献,主要表现在:其一,是想象空间的拓展,如《九歌》对神的思恋追求之于后世人神恋的启发,如《离骚》《远游》的腾云驾雾之于后世神怪小说的参照,如《招魂》之于志怪小说的借鉴作用,等。其二、题材故事的渗透,如王嘉《拾遗记》卷一十记洞庭山,又如沈亚之《屈原外传》等,都将屈原入小说并神化。而关于屈原的传说故事,更是于今不绝,乃至"戏说"成风。

"楚辞"的传播

《楚辞》较早就流传海外,特别是在日本、朝鲜、越南等汉字文化圈国家。至1581年(万历九年),利玛窦来华,东方文明遂远播重洋,《楚辞》逐渐进入西方人的视野,1840年鸦片战争后,欧美世界开始广泛注意《楚辞》。据粗略统计,17至18世纪由传教士以拉丁文翻译的中国典籍达数百种,其中包括《楚辞》。迄20世纪中,相继出现英、法、德、意、等文字的楚辞,屈原作品全部有西译,其中以《离骚》为最多,甚至同一语种有不止一个译本。

在1984年出版的《楚辞研究集成:楚辞资料海外编》中,便选编较有代表性的日本、苏联、美国、英国、法国、德国、匈牙利等海外研究楚辞的专著和论文 20 种，且仅仅为"一小部分"。简要介绍如下：

日本

《楚辞》传至外国，最早是在日本。《楚辞》传入日本的下限时间为公元730 年（日本太平二年）。在《古事记》等古老的日本史书中就出现了收在《楚辞》中的《渔父》的辞句，《日本书纪》中又有《河伯》的辞句，《万叶集》中的反歌就源于乱辞。之后，日本人进行了翻译解说，即和训本。比较早的是秦鼎的《楚辞灯校读》、龟井昭阳的《楚辞玦》等，之后一直不绝。西村硕园的《屈原赋说》，从规模和深度上看为最具价值者，今只存前半部分，是日本楚辞学研究的权威性著作。翻译本还有铃木虎雄的译本等。20 世纪，日本的楚辞学研究取得了显著成绩，出版有专著 30 种左右，论文约 300 篇。注释本主要有青木正儿的《新释楚辞》等。专门研究的著作有桥川时雄《楚辞》、藤野岩友《巫系文学论》等。

英国

翟理思（Herbert A. Giles）从 1883 年起，在其初版、二版《古文选珍》以及《儒家学派及其反对派》中，选译了《卜居》《渔父》和《九歌》中的《山鬼》《东皇太一》《云中君》《国殇》《礼魂》《卜居》等；而在 1901 年出版的《中国文学史》一节"楚辞"，被英国多所高校的东方语言文学系作为教材。阿瑟韦利（Arthur D. Waley），1916 年出版了包括《九歌》与《离骚》在内的《中国诗选》（Chinese Poems），1918 年又增翻了《国殇》，与前译作一起收入《汉诗 170 首》（A Hundred and Seventy Chinese Poems），书被多次重印，并被翻译成多个语种，受到了英国乃至欧洲社会的热捧。之后，阿瑟韦利又英译了《大招》，并于 1955 年出版个人楚辞研究专著《九歌：古代中国的萨满》（The Nine Songs: A Study of Shamanism in Ancient China）。

法国

1870 年，德埃尔韦·圣德尼侯爵（LeMarquis d' Hervey Saint-Denys）主持翻译包括《离骚》在内的中国古典诗歌及《今古奇观》。为了介绍屈原其人，德埃尔韦还将《史记·屈原列传》的法译本作为参考文献附于《离骚》之后。1895 年，英国汉学家里雅各（James Legge）将其文转译为《离骚及其作者》，此文在英语世界造成了较大的影响。其后，对《离骚》进行翻译的还有法国诗人埃米乐·布雷蒙（Emile Blémont）。1886 年，埃米乐法译《离骚》，与《诗经》《乐府》等一并辑录于《中国诗歌》中，该书于巴黎出版，但谬误颇多，多处篡改了文义。此外，沙畹于 1926 年完成了对《史记》前 41 章的翻译。沙畹"旁征博引中外各种资料"注解《史记》，其中涉及楚辞学内容的是对《楚世家》的解释。之后，沙畹还完成了《天问》的翻译。

德国

1815 年，歌德曾积极尝试翻译《离骚》，虽未有结果却开创了德译楚辞的先河。1852 年，奥古斯特（August Pfizmaier）在第 3 期《维也纳皇家科学院报告》上发表了《〈离骚〉和〈九歌〉：公元前三世纪中国诗二首》，全文使用德语对《离骚》《九歌》进行了翻译。1887 年，旨在"研究和传授中国文化知识"的东方语言学院（SOS）于 1887 年于柏林成立，开设的课程便包括楚辞的讲授。1902 年，顾路柏（Wilhelm Grube）编写《中国文学史》（Gschichte der Chineseischen Literatur）。该书其中先秦文学主讲儒道思想作品与《楚辞》。此外，孔好古（August Conraty）写作《屈原所著天问之研究》《中国艺术史上最古之证件》，1931 年，又与其弟子何可思（Eduard Erkes）合著的《天问——中国艺术史上最古老的文献》。何可思后以《招魂》为题，完成了博士论文的写作，又英译、注《大招》，以纪念德国汉学家夏德（Friedrieh Hireh），再英译《大司命》与《少司命》。孔好古（August Conraty）另一弟子鲍润生（Franz Xaver Biallsa），是继何氏之后另一位以楚辞为题进行博士论文写作的德国汉学家。1928 年，他在《皇家亚洲协会北中国支会学刊》第 59 期上发表《屈原的远游》《屈原生平及诗作》二文，英译了《东皇太一》《山鬼》《惜诵》《卜居》《渔父》及《天问》前十二行诗句并作研究探讨，之后陆续完成《九章》的全部德译。

瑞典

学术渊源师承于沙畹的高本汉（Berhard Karlgren）汉学功底扎实，掌握古籍考证和辨伪知识。他曾将先秦古籍划分为两大部类：体系化和非体系化，前者包括《尚书》《周礼》等儒家经典，而后者包括了《庄子》《离骚》《天问》《列子》等。1946 年，他又在《古代中国的传说和崇拜》（Legends and Cults in Ancient China BMFEA No.1946）与《周代中国的　些牺牲》中引用了《九歌》，对中国古代仪式作了阐发。

美国

1923 年，英美两国同时出版《郊庙歌辞及其他》收录韦利英译《离骚》和《九辩》，第一次在新大陆引入"楚辞"。1932 年，美国温纳尔氏（Edward

Theodore Chalmers Wernner）编纂《中国神话辞典》，收录了《楚辞》中的潇湘二妃的传说。1938 年，嘉德纳（Charles Sidney Gardner）出版了《美国图书馆中有关西方汉学研究书目》（A Union List of Selected Western Books on China in American Libraries），包括了鸦片战争以后欧洲学者研习楚辞的一些重要著作，为欧美楚辞学习者查阅相关资料提供了有效捷径。1947 年，纽约约翰戴书局出版白瑛（Robert Payne）译编的《白马集》。其中收录《九歌》《九章》和《离骚》等篇目，更为广泛的译介了楚辞篇目。

《楚辞》辑录者

刘向

刘向（约前 77-前 6），西汉经学家、目录学家、文学家。本名更生，字子政，彭城沛（今江苏沛县）人。汉皇族楚元王刘交四世孙。治《春秋谷梁传》，亦好《左氏传》。曾任谏大夫、宗正等。用阴阳灾异附会时政，屡次上书劾奏宦官、外戚专权。成帝时，任光禄大夫、中垒校尉。曾校阅群书，撰成《别录》，为中国目录学之祖。又编有《楚辞》。所作辞赋三十三篇，今多亡佚，唯存《九叹》为完篇。原有集，已佚，明代辑有《刘中垒集》。另有《洪范五行传》《新序》《说苑》《列女传》等，今存。又有《五经通义》，已佚，清代马国翰《玉函山房辑佚书》辑存一卷。

王逸

王逸，东汉文学家。字叔师，南郡宜城（今属湖北）人。安帝时为校书郎，顺帝时官侍中。所作《楚辞章句》，是《楚辞》最早的完整注本，颇为后世学者所重视。作有赋、诔、书、论等二十一篇，又作《汉诗》百二十三篇，今多亡佚。为哀悼屈原而作的《九思》，存在《楚辞章句》中。原有集，已散佚，明代辑有《王叔师集》。

《楚辞》作者简介

屈原

屈原（约公元前 340-前 278），战国时楚国诗人。名平，字原；又自言名正则，字灵均。战国时楚国贵族。初辅佐怀王，做过左徒，三闾大夫。学识渊博，主张彰明法度，举贤授能，东联齐国，西抗强秦。后遭到贵族子兰、靳尚等人的排挤而去职。顷襄王时被放逐，长期流浪沅、湘流域。后因楚国政治更加腐败，首度郢也被秦兵攻破，既无力挽救楚国的危亡，又深感政治理想无法实现，遂投汨罗江而死。所作《离骚》《九章》《九歌》等。其中《离骚》等更具有宏大篇制，与《诗经》形成显著区别，对后世影响很大。其传世作品，都保留在刘向辑集的《楚辞》中。又《汉书·艺文志》著录《屈原赋》二十篇，其书久佚，篇目与楚辞有无出入，已不可详考。

宋玉

战国时期辞赋家，后于屈原。东汉王逸说他是屈原弟子，未知所据。曾事顷襄王。《史记·屈原贾生列传》说他和唐勒、景差，"皆好辞而以赋见称。然皆祖屈原之从容辞令，终莫敢直谏。"《汉书·艺文志》著赋十六篇，皆多亡佚。《隋书·经籍志》著录《宋玉集》三卷，已失传。作品以《九辩》最为著名。篇中叙述他在政治上不得志的悲伤，流露出抑郁不满的情绪。其余皆有争议。《招魂》一篇，王逸《楚辞章句》以为宋玉作，但后世有些学者据《史记·屈原贾生列传》赞语，认为是屈原作品；其他见于《文选》的《风赋》《高唐赋》《登徒子好色赋》诸篇，也有人疑非宋玉作品。

淮南小山

一篇，收入王逸《楚辞章句》中，王逸说是闵伤屈原而作。但《文选》则题刘安作。又乐府《淮南王辞》，晋崔豹《古今注》、唐吴兢《乐府古题要解》也都说是淮南小山所作。

东方朔

东方朔（前154年-前93年），西汉文学家，字曼倩。平原厌次（今山东德州陵县东北，一说今山东惠民东）人。武帝时，为太中大夫。性诙谐滑稽。曾以辞赋谏武帝戒骄奢，又称农战强国之策，然终不为用。辞赋以《答客难》《非有先生论》又名。《汉书·艺文志》杂家有东方朔二十篇，今佚。《神异记》《海内十洲记》等书皆为托其名而作。后世传说很多，多非信史。

严忌

西汉辞赋家。本姓庄，东汉时因避明帝刘庄讳，改为严。会稽吴（今江苏苏州）人。好辞赋，为梁孝王门客。有辞赋二十四篇，仅存《哀时命》一篇，为哀伤屈原之作，见于《楚辞章句》。

景差

战国时期楚辞赋家。后于屈原，与宋玉同时。《史记·屈原贾生列传》说："屈原既死之后，楚有宋玉、唐勒、景差之徒，皆好辞而以赋见称；然皆祖屈原之从容辞令，终莫敢直谏。"《汉书·艺文志》未录景差赋。《楚辞》所收《大招》，王逸注称"或曰景差"作。

贾谊

贾谊（前200-前168），西汉政论家、文学家。洛阳人（今属河南），时称贾生。少有博学能文之誉，文帝初召为博士。不久迁太中大夫，好议国家大事，为大臣周勃、灌婴等排挤，贬为长沙王太傅。后为梁怀王太傅。曾多次上疏，批评时政。建议用"众建诸侯而少其力"的办法，削弱诸侯王势力，巩固中央集权；主张重农抑商，"驱民而归之农"；并力主抗击匈奴的攻略。在贬为长沙王太傅渡湘水时，作《吊屈原赋》，"亦已自谕"。在长沙三年，又作《鵩鸟赋》，自伤不遇。所著政论有《陈政事疏》《过秦论》等，为西汉鸿文。原有集，已散佚，明代辑有《贾长沙集》。另传有《新书》十卷。今人所辑《贾谊集》，包括《新书》十卷。

王褒

西汉辞赋家。字子渊，蜀资中（今四川资阳）人。宣帝（注：公元前73-前49年在位）时为谏议大夫。以辞赋著称，其《洞箫赋》为最早的专门描写乐器与音乐之作，较有名。原有集，已散佚。明代辑有《王谏议集》。

附录三 《楚辞》研究集成

一、大型丛书

1. 杜松柏主编《楚辞汇编》，（台）新文丰，1986 年。

2. 吴平、回达强主编《楚辞文献集成》，广陵书社，2008 年。

3. 黄灵庚主编《楚辞文献丛刊》，国家图书馆出版社，2014 年。

二、目录提要、资料汇编

【目录提要】

1. 姜亮夫《楚辞书目五种》（1961 年初版），上海古籍出版社，1993 年。

2. 崔富章《楚辞书目五种续编》，上海古籍出版社，1993 年。

3. 洪湛侯主编，王从仁、冯海荣、曹旭编撰《楚辞要籍解题》（楚辞研究集成），湖北人民出版社，1984 年。

4. 潘啸龙、毛庆《楚辞著作提要》（楚辞学文库），湖北教育出版社，2003 年。

5. 白铭《二十世纪楚辞研究文献目录》，学苑出版社，2008 年。

6. 崔富章《楚辞书录解题》，高等教育出版社，2010 年。

7. 周建忠《五百种楚辞著作提要》，江苏凤凰教育出版社，2011 年。

8. 黄灵庚《楚辞文献丛考》，国家图书馆出版社，2017 年。

【资料汇编】

1. 温广义辑注《历代诗人咏屈原》，内蒙古人民出版社，1982 年。

2. 杨金鼎《楚辞评论资料选》（楚辞研究集成），湖北人民出版社，1985 年。

3. 尹锡康、周发祥《楚辞资料海外编》（楚辞研究集成），湖北人民出版社，1986 年。

4. 李诚《楚辞评论集览》（楚辞学文库），湖北教育出版社，2003 年。

5. 周殿富、李书源《楚辞源流选集》，吉林人民出版社，2003 年。

6. 戴锡琦、钟兴永主编《屈原学集成》，中央编译出版社，2007 年。

7. 王伟《历代散见楚辞资料辑录》，中华书局，2020 年。

8. 北京大学文学史教研室《先秦文学史参考资料》，中华书局，1990 年。

9. 蔡守湘主编《历代诗话论诗经楚辞》，武汉出版社，1991 年。

10. 刘志伟主编《文选资料汇编·赋类卷》，中华书局，2013 年。

11. 陈炜舜《文选资料汇编·骚类卷》，中华书局，2021 年。

12. 周秉高《新编楚辞索引》，内蒙古大学出版社，1999 年。

13. 周建忠、汤漳平主编《楚辞学通典》（楚辞学文库），湖北教育出版社，2003 年。

三、古注

【上海古籍出版社《楚辞要籍丛刊》】

1. 王逸《楚辞章句》。

2. 洪兴祖《楚辞补注》。

3. 朱熹《楚辞集注》。

4. 〔宋〕吴仁杰、〔清〕祝德麟、〔宋〕钱杲之《离骚草木疏 离骚草木疏辩证 离骚集传》。

5. 〔明〕汪瑗《楚辞集解》。

6. 〔明〕陈第（1541-1617）《屈宋古音义》。

7. 〔明〕陆时雍（1588? -1641? ）《楚辞疏》。

8. 〔明〕周拱辰（1589-1657）《离骚草木史》。

9. 〔明〕黄文焕（1598-1667）《楚辞听直》。

10. 〔清〕王夫之（1619-1692）《楚辞通释》。

11. 〔清〕林云铭（1628-1697）《楚辞灯》。

12. 〔清〕蒋骥（1674? -1741? ）《山带阁注楚辞》。

13. 〔清〕戴震（1724-1777）《屈原赋注》附初稿本。

14. 〔清〕刘梦鹏（1731?-1789?）《屈子楚辞章句》。

15. 〔清〕陈本礼（1739-1818）《屈辞精义》。

16. 〔清〕胡濬源（1748-1824）《楚辞新注求确》。

17. 〔清〕朱骏声（1788-1858）、马其昶（1855-1930）《离骚赋补注 屈赋微》附《初稿本屈赋皙微》。

18. 〔清〕丁晏（1794-1876）《楚辞天问笺》。

19. 〔清〕王闿运（1833-1916）《楚辞释》。

20. 〔日〕西村时彦、〔日〕龟井昭阳《楚辞纂说 屈原赋说 楚辞玦》。

【南京大学出版社《东亚楚辞整理与研究丛书》】

1. 〔明〕陆时雍《楚辞疏》。

2. 〔明〕黄文焕《楚辞听直》。

3. 〔明〕李陈玉《楚词笺注》。

4. 〔清〕王萌（1637?-1697?）《楚辞评注》。

5. 〔清〕徐焕龙（1645?-）《屈辞洗髓》。

6. 〔清〕屈复（1668-1745）《楚辞新集注》，2018年。

7. 〔清〕王邦采（1676-1746）《离骚汇订 屈子杂文笺略》。

8. 〔清〕刘梦鹏（1731?-1789?）《屈子章句》。

9. 〔清〕陈本礼（1739-1818）《屈辞精义》。

10. 〔清〕胡濬源（1748-1824）《楚辞新注求确》。

【其他】

1. 《明万历吴勉学刻本楚辞》，北京联合出版公司，2014年。

2. 《汲古阁刻本楚辞》（四部要籍选刊），浙江大学出版社，2020年。

3. 洪兴祖《楚辞补注》（中国古典文学基本丛书），中华书局，1983年。

4. 洪兴祖《楚辞补注》（书名题作《楚辞》），上海古籍出版社，2015年。

5. 洪兴祖《楚辞补注》，凤凰出版社，2007年。

6. 洪兴祖《楚辞补注》（江苏文库精华编），凤凰出版社，2019年。

7. 《宋端平本楚辞集注》，国家图书馆出版社，2017年。

8. 朱熹《楚辞集注 楚辞辨证 楚辞后语》（蒋立甫点校），上海古籍出版社，2001年。

9. 朱熹《楚辞集注》（书名题作《楚辞》，李庆甲标点，徐志啸导读，郭时羽集评），上海世纪出版集团，2010 年。

10. 朱熹《楚辞集注》（古逸丛书），华东师范大学出版社，2017 年。

11. 吴仁杰、屠本畯《离骚草木疏 离骚草木疏补》（艺文丛刊），浙江人民美术出版社，2019 年。

12. 吴仁杰《离骚草木疏》（拾瑶丛书），文物出版社，2020 年。

13. 杨万里《天问天对解》（《杨万里集笺校》第七册），中华书局，2007 年。

14. 〔明〕汪瑗《楚辞集解》（董洪利点校），北京古籍出版社，1994 年。

15. 〔清〕钱澄之（1612-1693）《庄屈合诂》，黄山书社，2014 年。

16. 〔清〕王夫之（1619-1692）《楚辞通释》，上海人民出版社，1975 年。

17. 〔清〕毛奇龄（1623-1716）《天问补注》（《毛奇龄全集》第三十一册），学苑出版社，2015 年。

18. 〔清〕林云铭（1628-1697）《楚辞灯》，华东师范大学出版社，2012 年。

19. 〔清〕方苞（1668-1749）《离骚经正义》（《方苞全集》第七册），复旦大学出版社，2018 年。

20. 〔清〕蒋骥（1674？-1741？）《山带阁注楚辞》，中华书局，1962 年。

21. 〔清〕胡文英（1723-1790）《屈骚指掌》，北京古籍出版社，1979 年。

22. 〔清〕戴震（1724-1777）《屈原赋注》，中华书局，1999 年。

23. 〔清〕黄恩彤（1801-1883）《黄恩彤文集·离骚分段约说》，齐鲁书社，2021 年。

24. 〔清〕俞樾（1821-1907）《俞楼杂纂·楚辞人名考 读楚辞》，凤凰出版社，2021 年。

25. 〔清〕郑知同（1831-1890）《楚辞通释解诂》（蒋南华等《郑知同楚辞考辨手稿校注》），贵州人民出版社，2004 年。

26. 〔清〕廖平（1852-1932）《楚辞讲义 楚辞新解》（《廖平全集》第十册），上海古籍出版社，2015 年。

27. 〔清〕马其昶（1855-1930）《屈赋微》（《马其昶著作三种》），安徽大学出版社，2009 年。

28. 〔清〕李详（1858-1931）《楚辞翼注》（《李审言文集》），江苏古籍出版社，1989 年。

29. 〔明〕陈第《毛诗古音考 屈宋古音义》，中华书局，2011 年。

30. 〔清〕江有诰《音学十书·楚辞韵读》，中华书局，1993 年。

31. 〔清〕王念孙《读书杂志》，上海古籍出版社，2015 年。

32. 徐昂（1877-1953）《徐昂著作集·楚辞音》（近代学术集林），复旦大学出版社，2019 年。

33. 王力《楚辞韵读》，中华书局，2014 年。

四、今注

【集校集注】

1. 黄灵庚《楚辞异文辩证》，中州古籍出版社，2000 年。

2. 黄灵庚《楚辞集校》，上海古籍出版社，2009 年。

3. 崔富章、李大明《楚辞集校集释》（楚辞学文库），湖北教育出版社，2003 年。

【学术考证注本】

1. 沈祖绵（1878-1968）《屈原赋证辨》，中华书局，1961 年。

2. 戴之麟（1880-1959）《楚辞补注疏》，华中师范大学出版社，2021 年。

3. 宁调元（1883-1913）《宁调元集·楚辞王注补》，湖南人民出版社，2008 年。

4. 刘师培（1884-1919）《刘申叔遗书·楚辞考异》，江苏古籍出版社，1997 年。

5. 刘永济（1887-1966）《屈赋通笺 笺屈馀义》，中华书局，2007 年。

6. 刘永济《屈赋音注详解 屈赋释词》，中华书局，2007 年。

7. 谭戒甫（1887-1974）《屈赋新编》，中华书局，1978 年。

8. 于省吾（1896-1984）《泽螺居楚辞新证》，中华书局，2009 年。

9. 陈子展（1898-1990）《楚辞直解》，江苏古籍出版社，1988 年（或复旦大学出版社，1996 年）。

10. 闻一多（1899-1946）《离骚解诂》《天问疏证》《九歌解诂 九章解诂》，上海古籍出版社，1985 年。

11. 闻一多《楚辞校补》（《闻一多全集》第五卷），湖北人民出版社，1994 年（或巴蜀书社，2002 年；或岳麓书社，2013 年）。

12. 游国恩（1899-1978）主编《离骚纂义》，中华书局，1982 年。

13. 游国恩主编《天问纂义》，中华书局，1982 年。

14. 陈直（1901-1980）《文史考古论丛·楚辞解要》，中华书局，2018 年。

15. 徐仁甫（1901-1988）《古诗别解·楚辞别解》，中华书局，2013 年。

16. 詹安泰（1902-1967）《离骚笺疏》，上海古籍出版社，2011 年（或湖北人民出版社，1981 年）。

17. 姜亮夫（1902-1995）《屈原赋校注》，人民文学出版社，1957 年。

18. 姜亮夫《重订屈原赋校注》，天津古籍出版社，1987 年。

19. 姜亮夫《楚辞通故》（稿本），齐鲁书社，1985 年。

20. 姜亮夫《楚辞通故》，云南人民出版社，1999 年。

21. 蒋天枢（1903-1988）《楚辞校释》，上海古籍出版社，1989 年。

22. 陈抡（1905-1992）《历史比较法与古籍校释——越人歌·离骚·天问》，湖南教育出版社，1987 年。

23. 陈抡《楚辞解译》，中华书局，2018 年。

24. 魏炯若（1907-1996）《离骚发微》，四川人民出版社，1980 年。

25. 魏炯若《楚辞发微 杜庵说诗》，华龄出版社，2013 年。

26. 汤炳正（1910-1998）、李大明、李诚、熊良智《楚辞今注》（中国古典文学丛书），上海古籍出版社。

27. 钱钟书（1910-1998）《管锥编·楚辞洪兴祖补注一八则》。

28. 何剑熏（1911-1988）《楚辞拾渖》，四川人民出版社，1984 年。

29. 何剑熏《楚辞新诂》，巴蜀书社，1994 年。

30. 王泗原（1911-2000）《离骚语文疏解》，文艺联合出版社，1954 年。

31. 王泗原《楚辞校释》（中国古典文学基本丛书），中华书局，2014 年。

32. 路百占（1913-1991）《楚辞发微》《屈原列传发微》《屈原历史论文集》（收入《路梅村遗稿》），国家图书馆出版社，2016 年。

33. 朱季海（1916-2011）《楚辞解故》，上海古籍出版社，2017 年。

34. 马茂元（1918-1989）主编，杨金鼎、王从仁、刘德重、殷光熹编撰《楚辞注释》（楚辞研究集成），湖北人民出版社，1985 年；第二版，1999 年。

35. 胡念贻（1924-1982）《楚辞选注及考证》，岳麓书社，1984 年。

36. 金开诚（1932-2008）《屈原集校注》（中国古典文学基本丛书），中华书局，1996 年。

37. 黄灵庚（1945-）《楚辞章句疏证》，上海古籍出版社，2018 年。

38. 黄灵庚《离骚校诂》，中州古籍出版社，1996 年。

39. 王伟（1975-）《楚辞校证》，中华书局，2017 年。

生卒待考：

40. 杨胤宗《屈赋新笺——离骚篇》，中国友谊出版公司，1985 年。

41. 杨胤宗《屈赋新笺——九章篇》，中国友谊出版公司，1985 年。

【普及今译选节注本】

1. 郭沫若（1892-1978）《屈原赋今译》，人民文学出版社，1981 年。

2. 瞿蜕园（1894-1973）《楚辞今读》，春明出版社，1956 年。

3. 于宇飞（1894-1978）《屈赋正义》，（台）中华书局，1969 年。

4. 沈德鸿（茅盾，1896-1981）《楚辞选读》（学生国学丛书新编，书名题作《楚辞》），商务印书馆，2018 年。

5. 彭泽陶（1898-1989）《离骚今译校注与答问》。

6. 姜亮夫（1902-1995）《屈原赋今译》，云南人民出版社，1999 年。

7. 陆侃如（1903-1978）、高亨、黄孝纾《楚辞选》，中华书局，1962 年。

8. 陆侃如、龚克昌《楚辞选》，人民文学出版社，2016 年。

9. 靳极苍（1907-2006）《诗经楚辞汉乐府选详解》，山西古籍出版社，2002 年。

10. 文怀沙（1910-2018）《屈原离骚今绎》《屈原九歌今绎》《屈原九章今绎》《屈原招魂今绎》，百花文艺出版社，2005 年。

11. 文怀沙《屈赋流韵》，东方出版社，2015 年。

12. 黄寿祺（1912-1990）、梅桐生《楚辞全译》，贵州人民出版社，2008 年（或北京联合出版公司，2018 年）。

13. 缪天华（1914-1998）《离骚九歌九章浅释》，（台）东大图书公司，1984 年。

14. 刘让言（1914-2006）《屈原楚辞注》，新疆人民出版社，1982 年。

15. 程嘉哲（1916-1997）《九歌新注》，四川人民出版社，1982 年。

16. 程嘉哲《九歌新译》，重庆出版社，1986 年。

17. 程嘉哲《天问新注》，四川人民出版社，1984 年。

18. 马茂元（1918-1989）《楚辞选》，人民文学出版社，1998 年（或商务印书馆，2020 年）。

19. 杜月村（1919-1997）《楚辞新读》，巴蜀书社，2001 年。

20. 杨白桦（1921-1967，胡小石之子）《楚辞选析》，江苏古籍出版社，1987 年。

21. 邹霄鸣（1921-）《屈赋全释》，辽宁教育出版社，1986 年。

22. 袁梅（1924-）《屈原赋译注》，齐鲁书社，1984 年。

23. 袁梅《屈原宋玉辞赋译注》，黄山书社，2017 年。

24. 熊任望（1925-2010）《屈原辞译注》，河北大学出版社，2004 年。

25. 聂石樵（1927-2018）《楚辞新注》，商务印书馆，2004 年（或东方出版中心，2020 年）。

26. 从药汀（1928-）《屈原赋辨译》，故宫出版社，2012 年。

27. 史墨卿（1930-）《离骚引义》，（台）华正书局，1995 年。

28. 金开诚（1932-2008）、高路明《楚辞选》，人民文学出版社，2021 年。

29. 金开诚《楚辞选注》，北京出版社，1980 年。

30. 朱碧莲（1932-2013）《楚辞讲读》，华东师范大学出版社，1986 年。

31. 殷光熹（1933-）《楚辞注评》，中国社会科学出版社，2015 年。

32. 龚克昌（1933-）《屈原赋译注》，山东大学出版社，1986 年。

33. 萧兵（1933-）《楚辞全译》，江苏古籍出版社，1998 年。

34. 褚斌杰（1933-2006）《楚辞选评》，三秦出版社，2004 年。

35. 董楚平（1934-2014）、俞志慧《楚辞直解》，浙江文艺出版社，1997 年。

36. 董楚平《楚辞译注》，上海古籍出版社，2016 年。

37. 张家英（1935-）《屈原赋译释》，黑龙江人民出版社，1982 年。

38. 郝志达（1935-）《楚辞今注今译》，河北人民出版社，2000 年。

39. 钱玉趾（1937-）《屈原楚辞全新解译》，四川民族出版社，2002 年。

40. 蒋南华（1939-）《屈赋注解》，贵州人民出版社，1993 年。

41. 赵浩如（1939-）《楚辞译注》，云南人民出版社，2015 年。

42. 王延海（1939-）《楚辞释论》，大连出版社，1994 年。

43. 崔富章（1941-）《诗骚合璧》，浙江古籍出版社，2000 年。

44. 殷义祥（1941-）、麻守中《楚辞译注》，吉林文史出版社，1998 年。

45. 赵逵夫（1942-）解读《楚辞》（中华文化百部经典），国家图书馆出版社，2019 年。

46. 潘啸龙（1945-）译注《楚辞》，黄山书社，1997 年。

47. 潘啸龙《楚辞举要》，安徽师范大学出版社，2014 年。

48. 周秉高（1945-）《屈原赋解析》，内蒙古大学出版社，1992 年。

49. 汤漳平（1946-）译注《楚辞》，中州古籍出版社，2007 年。

50. 雷庆翼（1948-）《楚辞正解》，学林出版社，1994 年。

51. 徐志啸（1948-）《诗经楚辞选评》，上海古籍出版社，2018 年。

52. 林家骊（1951-）译注《楚辞》（中华经典名著全本全注全译），中华书局，2015 年。

53. 黄凤显（1960-）译注《楚辞》（中国古代诗文经典选本），华夏出版社，1998 年。

54. 吴广平（1962-）《楚辞全解》，岳麓书社，2008 年。

55. 吴广平《屈原赋通释》（屈原文化研究丛书），南京大学出版社，2017 年。

56. 李山（1963-）《楚辞译注》（国民阅读经典），中华书局，2015 年。

57. 方铭（1964-）《楚辞全注》，人民文学出版社，2019 年。

作者待考：

58. 《古诗源：白话楚辞》，哈尔滨出版社，1995 年。

【鉴赏辞典】

1. 人民文学出版社编辑部编《楚辞鉴赏集》，人民文学出版社，1988 年。

2. 周啸天主编《诗经楚辞鉴赏辞典》，四川辞书出版社，1990 年。

3. 李诚主编《楚辞与人情》，四川人民出版社，1995 年。

4. 《先秦诗鉴赏辞典》，上海辞书出版社，1998 年。

5. 汤炳正主编《楚辞欣赏》，巴蜀书社，1999 年。

五、导读综论

1. 梁启超（1873-1929）《屈原研究》（《梁启超全集》），中国人民大学出版社，2018 年。

2. 郭沫若（1892-1978）《屈原研究》，文津出版社，2021 年。

3. 詹安泰（1902-1967）《屈原》，上海古籍出版社，2011 年。

4. 詹安泰《屈原与离骚》，暨南大学出版社，2010 年。

5. 姜亮夫（1902-1995）《楚辞今绎讲录》，北京出版社，1981 年。

6. 姜昆武（1944-）《屈原与楚辞》（中国古代文学知识丛书），安徽教育出版社，1996 年。

7. 逯钦立（1910-1973）《屈原离骚简论》，辽宁人民出版社，1957 年。

8. 汤炳正（1910-1998）《楚辞讲座》，广西师范大学出版社，2006 年（或北京出版社，2018 年）。

9. 张纵逸（1927-?）《屈原与楚辞》，吉林人民出版社，1957 年。

10. 聂石樵（1927-2018）、毕庶春《屈原》，春风文艺出版社，1999 年。

11. 金开诚（1932-2008）《楚辞讲话》，北京大学出版社，2010 年。

12. 褚斌杰（1933-2006）《诗经与楚辞》，北京大学出版社，2012 年。

13. 易重廉（1935-）《屈原综论》，岳麓书社，2012 年。

14. 吴宏一（1943-）《诗经与楚辞》，联经出版公司，2010 年。

15. 李中华（1944-）《词章之祖——楚辞与中国文化》，河南大学出版社，1998 年。

16. 黄灵庚（1945-）《楚辞导读》，人民文学出版社，2022 年（即出）。

17. 潘啸龙（1945-）《楚辞导读》，中国国际广播出版社，2008 年。

18. 汤漳平（1946-）、陆永品《楚辞论析》，山西教育出版社，1990 年。

19. 梅桐生（1947-）《楚辞入门》，贵州人民出版社，1991 年。

20. 徐志啸（1948-）《楚辞展奇》，浙江古籍出版社，2012 年。

21. 徐志啸《楚辞综论》，上海古籍出版社，2015 年。

22. 徐志啸《楚辞十讲》，陕西人民出版社，2021 年。

23. 吕正惠（1948-）《楚辞：泽畔的悲歌》，九州出版社，2019 年。

24. 李诚（1953-）《楚辞文心管窥》，（台）文津出版社，1995 年。

25. 周建忠（1955-）《楚辞与楚辞学》，吉林人民出版社，2000 年。

26. 周建忠《楚辞讲演录》，广西师范大学出版社，2007 年。

27. 黄震云（1957-）《楚辞通论》，湖南教育出版社，1997 年。

六、学者文集

1. 谢无量（1884-1964）《楚辞新论》（《谢无量文集》第七卷），中国人民大学出版社，2011 年。

2. 胡小石（1888-1962）《胡小石论文集》《续编》《三编》，上海古籍出版社。

3. 胡小石《楚辞专论》，南京大学出版社，2020 年。

4. 胡适（1891-1962）《胡适古典文学研究论集》，上海古籍出版社，2013。

5. 郭沫若（1892-1978）《郭沫若全集》历史编第四卷，人民出版社，1982 年。

6. 郭沫若《屈原》，人民文学出版社，1997 年。

7. 骆鸿凯（1892-1955）《骆鸿凯楚辞学论集》，湖南大学出版社，2020 年。

8. 朱东润（1896-1988）《朱东润文存》，上海古籍出版社，2014 年。

9. 苏雪林（1897-1999）《屈原与九歌》，武汉大学出版社，2007 年。

10. 苏雪林《天问正简》，武汉大学出版社，2007年。

11. 苏雪林《屈骚新诂》，武汉大学出版社，2007年。

12. 苏雪林《屈赋论丛》，武汉大学出版社，2007年。

13. 陈子展（1898-1990）《陈子展文存》，上海古籍出版社，2018年。

14. 闻一多（1899-1946）《闻一多全集》第五册楚辞编，湖北人民出版社，1993年。

15. 游国恩（1899-1978）《游国恩楚辞论著集》，中华书局，2008年。

16. 张汝舟（1899-1982）《二毋室论学杂著选》，贵州人民出版社，1990年。

17. 姜亮夫（1902-1995）《姜亮夫全集》，云南人民出版社，2003年。

18. 姜亮夫《楚辞学论文集》，上海古籍出版社，1984年。

19. 陆侃如（1903-1978）《陆侃如古典文学论文集》，上海古籍出版社，1987年。

20. 陆侃如《陆侃如文存》，江苏人民出版社，2019年。

21. 蒋天枢（1903-1988）《楚辞论文集》，陕西人民出版社，1982年。

22. 台静农（1903-1990）《台静农全集·静农论文集》，海燕出版社，2015年。

23. 姜书阁（1907-2000）《先秦辞赋原论》，齐鲁书社，1983年。

24. 汤炳正（1910-1998）《楚辞类稿》，巴蜀书社，1988年。

25. 汤炳正《渊研楼屈学存稿》，华龄出版社，2004年。

26. 汤炳正《屈赋新探》（中华现代学术名著丛书），商务印书馆，2019年。

27. 林庚（1910-2006）《林庚楚辞研究两种》（《诗人屈原及其作品研究》《天问论笺》），清华大学出版社，2006年。

28. 郑文（1910-2006）《楚辞浅论》，西北师院中文系，1980年。

29. 郑文《楚辞我见》，甘肃民族出版社，1994年。

30. 郑文《金城丛稿》，齐鲁书社，2000年。

31. 李嘉言（1911-1967）《李嘉言古典文学论文集》，上海古籍出版社，1987年。

32. 孙作云（1912-1978）《楚辞研究》，河南大学出版社，2003年。

33. 孙作云《天问研究》，河南大学出版社，2008年。

34. 孙作云《九歌十论》，河南大学出版社，2017年。

35. 何天行（1913-1986）《何天行文集》，浙江大学出版社，2014年。

36. 何天行《楚辞作于汉代考》，山西人民出版社，2014年。

37. 石声淮（1913-1997）《石声淮文存》，华中师范大学出版社，2016 年。

38. 吴天任（1916-1992）《楚辞文学的特质》，（台）商务印书馆，1972 年。

39. 吴天任《牧课山房丛稿》，（台）东亚印刷公司，1983 年。

40. 饶宗颐（1917-2018）《楚辞论丛 楚辞地理考 楚辞书录 楚辞与词曲音乐》
    （《饶宗颐二十世纪学术文集》第十一卷），中国人民大学出版社，2009
    年。

41. 刘操南（1917-1998）《楚辞考释 诗词论丛》，浙江大学出版社，2022 年
    （即出）。

42. 张叶芦（1918-2000，张汝舟之子）《屈赋辨惑稿》，钱塘诗社，1998 年（或
    学苑出版社，2005 年）。

43. 马茂元（1918-1989）《晚照楼论文集》（中华现代学术名著丛书），商务印
    书馆，2016 年。

44. 张正体（1921-）《楚辞新论》，（台）商务印书馆，1991 年。

45. 李金锡（1922-?）《屈荀辞赋论稿》，春风文艺出版社，1986 年。

46. 胡念贻（1924-1982）《先秦文学论集》，中国社会科学出版社，1981 年。

47. 胡念贻《中国古代文学论稿》，上海古籍出版社，1987 年。

48. 熊任望（1925-2010）《楚辞探综》，河北大学出版社，2000 年。

49. 熊任望《离骚讲义手稿》，河北大学出版社，2010 年。

50. 张正明（1928-2006）《张正明学术文集》，湖北人民出版社，2007 年。

51. 史墨卿（1930-）《楚辞文艺观》，（台）华正书局，1989 年。

52. 陈彤（1930-）《屈原楚辞艺术辑新》，文津出版社，1996 年。

53. 陈彤《陈彤诗文集》，北京燕山出版社，2004 年。

54. 金开诚（1932-2008）《金开诚文集》，浙江教育出版社，2007 年。

55. 金开诚《屈原辞研究》，江苏古籍出版社，1992 年。

56. 朱碧莲（1932-2013）朱碧莲《楚辞论稿》，上海三联书店，1993 年。

57. 朱碧莲《还芝斋读楚辞》，上海古籍出版社，2008 年。

58. 翁世华（1932-）《楚辞考校》，（台）文史哲出版社，1987 年。

59. 翁世华《楚辞论集》，（台）文史哲出版社，1988 年。

60. 殷光熹（1933-）《诗骚并辉》《楚辞论丛》（殷光熹文集），云南人民出版
    社，2015 年。

61. 褚斌杰（1933-2006）《楚辞要论》，北京大学出版社，2003 年。

62. 褚斌杰《古典新论》,湖南人民出版社,2004 年。

63. 姚汉荣(1934-2014)《楚文化寻绎》,学林出版社,1990 年。

64. 姚汉荣《古苑寸思——姚汉荣先生文集(1982-2002)》,复旦大学出版社,2016 年。

65. 戴志钧(1934-)《读骚十论》,黑龙江人民出版社,1986 年。

66. 戴志钧《论骚二集》,黑龙江教育出版社,1990 年。

67. 戴志钧《论骚三集》,黑龙江教育出版社,1999 年。

68. 曹大中(1935-)《屈原的思想与文学艺术》,湖南出版社,1991 年。

69. 陆天华(1935-)、陆天鹤《读骚九探》,浙江大学出版社,2015 年。

70. 陆天华、陆天鹤《寻梦斋读骚》,黄山书社,2019 年。

71. 郑在瀛(1938-2017)《楚辞探奇》,华中科技大学出版社,2021 年。

72. 蒋南华(1938-)《风骚馀论》,贵州大学出版社,2009 年。

73. 郭在贻(1939-1989)《郭在贻语言文学论稿》,浙江古籍出版社,1992 年。

74. 张中一(1939-)《屈原新考》,中国文史出版社,1991 年。

75. 陈怡良(1940-)《屈原文学论集》,(台)文津出版社,1992 年。

76. 赵逵夫(1942-)《屈原与他的时代》,人民文学出版社,2002 年。

77. 赵逵夫《屈骚探幽》,上海古籍出版社,2018 年。

78. 杨仲义(1942-)《诗骚新识》,学苑出版社,1999 年。

79. 刘石林(1942-)《读骚拾零》(屈原文化研究丛书),南京大学出版社,2017 年。

80. 刘石林《田野的芬芳》(即出)。

81. 刘兆伟(1942-)《屈骚异说》,辽宁大学出版社,1986 年。

82. 张崇琛(1943-)《楚辞文化探微》,新华出版社,1993 年(新版题作《楚辞文化研究》,中国社会科学出版社,2020 年)。

83. 何念龙(1943-)《楚辞散论》,湖北人民出版社,2009 年。

84. 曲德来(1944-)《屈原及其作品新探》,辽宁古籍出版社,1995 年。

85. 潘啸龙(1945-)《屈原与楚文化》,安徽文艺出版社,1991 年。

86. 潘啸龙《楚汉文学综论》,黄山书社,1993 年。

87. 潘啸龙《屈原与楚辞研究》,安徽大学出版社,1999 年。

88. 潘啸龙《诗骚与汉魏文学研究》,安徽人民出版社,2008 年。

89. 潘啸龙《楚辞与汉代文学论集》,安徽师范大学出版社,2014 年。

90. 周秉高（1945-）《风骚论集》，内蒙古大学出版社，1995 年。

91. 《楚辞解析》，内蒙古大学出版社，2003 年。

92. 吴郁芳（1945-1996）《吴郁芳文集》（东亚楚辞整理与研究丛书），南京大学出版社，2021 年。

93. 毕庶春（1945-）《辞赋新探》，东北大学出版社，1995 年。

94. 董运庭（1949-）《楚辞与屈原再考辨》，中国社会科学出版社，2005 年。

95. 李诚（1953-）《楚辞论稿》，华龄出版社，2013 年。

96. 王锡荣（1953-）《楚辞新论及其他》，吉林文史出版社，2013 年。

97. 刘毓庆（1954-）《诗骚论稿》，商务印书馆，2017 年。

98. 周建忠（1955-）《楚辞论稿》，中州古籍出版社，1994 年。

99. 周建忠《楚辞考论》，商务印书馆，2003 年。

100. 陈桐生（1955-）《楚辞与中国文化》，陕西人民教育出版社，1997 年。

101. 力之（刘汉忠，1956-）《楚辞与中古文献考说》，巴蜀书社，2005 年。

102. 郭杰（1960-）《屈原新论（增订本）》，吉林大学出版社，2006 年。

103. 方铭（1964-）《屈原及楚辞研究》，商务印书馆，2022 年（即出）。

104. 常森（1966-）《屈原及其诗歌研究》，北京大学出版社，2012 年。

105. 常森《屈原及楚辞学论考》，北京大学出版社，2016 年。

106. 〔日〕儿岛献吉郎《毛诗楚辞考》，山西人民出版社。

七、楚辞学史

【通史】

1. 易重廉《中国楚辞学史》，湖南出版社，1991 年。

2. 李中华、朱炳祥《楚辞学史》，武汉出版社，1996 年。

3. 翟振业《楚辞研究新思维》，苏州大学出版社，2003 年。

【汉代】

1. 李大明《楚辞文献学史论考》，巴蜀书社，1997 年。

2. 李大明《汉楚辞学史》，华龄出版社，2004 年。

3. 熊良智《楚辞文化研究》，巴蜀书社，2002 年。

4. 熊良智《楚辞的艺术形态及其传播研究》，商务印书馆，2016 年。

5. 纪晓建《汉魏六朝楚辞学名家研究》，国家图书馆出版社，2014 年。

6. 吕培成《司马迁与屈原和楚辞学》，陕西人民教育出版社，2000 年。

7. 曹晋《屈原与司马迁的人格悲剧》，上海古籍出版社，2008 年。

8. 邓声国《王逸楚辞章句考论》，国家图书馆出版社，2011 年。

9. 许子滨《王逸楚辞章句发微》，上海古籍出版社，2011 年。

10. 陈鸿图《王逸楚辞章句新论》，上海古籍出版社，2021 年。

【宋代】

1. 孙光《汉宋文化与楚辞研究的转型——以楚辞注释为中心的考察》，人民出版社，2020 年。

2. 谢惠懿《杨万里《天问天对解》研究》，（台）花木兰文化出版社，2011 年。

3. 刘洪波《阐释学视野下的楚辞补注研究》，中国社会科学出版社，2016。

4. 李永明《朱熹楚辞集注研究》，上海古籍出版社，2015 年。

5. 徐涓《朱熹楚辞学研究》，中国社会科学出版社，2021 年。

【元明清】

1. 孙巧云《元明清楚辞学史》，浙江工商大学出版社，2013 年。

2. 陈炜舜《明代前期楚辞学史论》，（台）学生书局，2011 年。

3. 陈炜舜《明代后期楚辞接受研究论集》，中华书局，2019 年。

4. 陈欣《清代楚辞学文献考释》，中华书局，2022 年。

5. 赵静《发以辩理 悟以证心：汪瑗及其《楚辞集解》研究》，社会科学文献出版社，2018 年。

6. 丁海玲《王夫之《楚辞通释》研究》，南开大学出版社，2018 年。

【现当代】

1. 吴慧鋆《近代楚辞学论纲》（紫琅楚辞学研究丛书），中华书局，2020 年。

2. 黄中模《现代楚辞批评史》，湖北教育出版社，1990 年。

3. 周建忠《当代楚辞研究论纲》，湖北教育出版社，1992 年。

4. 黄中模主编《楚辞研究成功之路 海内外楚辞专家自述》，重庆出版社，2000 年。

5. 徐志啸《楚辞研究与中外比较》（《复旦大学中文系教授荣休纪念文丛 徐志啸卷》），上海古籍出版社，2014 年。

6. 赵然《学术转型与游国恩楚辞学研究》，人民出版社，2018 年。

以下两种按照问题梳理：

7. 黄志高《六十年来之楚辞学》，台湾师范大学硕士论文（导师缪天华），1977 年。

8. 赵沛霖《屈赋研究论衡》，天津教育出版社，1993 年。

【屈原研究史】

1. 黄中模《屈原问题论争史稿》，北京十月文艺出版社，1987 年。

2. 黄中模《与日本学者讨论屈原问题》，华中理工大学出版社，1990 年。

3. 黄中模《中日学者屈原问题论争集》，山东教育出版社，1990 年。

4. 屈小强《屈原悬案探秘》，四川大学出版社，1996 年。

5. 王志《百年屈学问题疏证》，上海三联书店，2015 年。

6. 余三定主编《当代屈原学史》，南京大学出版社，2020 年。

八、《离骚》《九歌》《天问》《九章》专题研究

【离骚】

1. 陈适（1908 钱树棠（1918-）《离骚四绎》，中国大百科全书出版社，2013 年。

2. 翟振业《离骚自我新论》，百花文艺出版社，1992 年。

3. 江立中《离骚探骊》，岳麓书社，1993 年。

4. 张来芳《离骚探赜》，江西人民出版社，1997 年。

5. 何普丰《离骚新论》，1997 年。

6. 施仲贞《离骚新论》（紫琅楚辞学研究丛书），中华书局，2020 年。

【九歌】

1. 周勋初《周勋初文集》，江苏古籍出版社，2000 年。

2. 周勋初《九歌新考》，凤凰出版社，2021 年。

3. 孙常叙《楚辞九歌整体系解》，吉林教育出版社，1996 年（或上海古籍出版社，2021 年）。

4. 黄士吉《古剧九歌今绎》，延边大学出版社，1988 年。

5. 张寿平《九歌研究》，（台）广文书局，1988 年。

6. 李大明《九歌论笺》，四川大学出版社，1992 年。

7. 蒋南华《屈原及其《九歌》研究》，贵州人民出版社，1992 年。

8. 国光红《九歌考释》，齐鲁书社，1999 年。

9. 张元勋《九歌十辨》，中华书局，2006 年。

10. 钱树棠《九歌析论》，中国大百科全书出版社，2013 年。

11. 高秋凤《楚辞三九暨后世以九名篇拟作之研探》，（台）花木兰，2009 年。

【天问】

1. 陆元炽《天问浅释》，北京出版社，1987 年。

2. 翟振业《天问研究》，南京大学出版社，1993 年。

3. 郭世谦《屈原天问今译考辨》，天津古籍出版社，2006 年。

4. 吉家林《屈原天问解疑》，学苑出版社，2009 年。

5. 史建桥《天问研究：《天问》的思想内容与结构特征》，北京图书馆出版社，2012 年。

6. 章必功《天问讲稿》，中华书局，2013 年。

【九章】

1. 吴孟复《屈原九章新笺》，黄山书社，1986 年。

2. 王家歆《楚辞九章集释》，（台）商务印书馆，1996 年。

3. 许富宏《九章集注》（东亚楚辞整理与研究丛书），南京大学出版社，2020 年。

【招魂】

1. 金式武《楚辞招魂新解》，文汇出版社，1999 年。

九、屈原专题研究

1. 陆侃如《屈原与宋玉》，山西人民出版社，2014 年。

2. 浦江清《屈原》（新编历史小丛书），北京人民出版社，2019 年。

3. 王世昭《屈原》，（台）河洛图书，1979 年。

4. 郭维森《屈原》，上海古籍出版社，1979 年。

5. 郭维森《屈原评传》（中国思想家评传丛书），南京大学出版社，1998 年。

6. 陆永品《爱国诗人屈原》，四川人民出版社，1980 年。

7. 丁冰《屈原》，黑龙江人民出版社，1982 年。

8. 任国瑞《屈原年谱》，中国文史出版社，1990 年。

9. 程嘉哲《屈原吟踪漫记》，重庆出版社，1992 年。

10. 赵沛霖《屈原》，新蕾出版社，1993 年。

11. 郝志达、王锡三主编《东方诗魂——屈原与中国传统文化》，东方出版社，1993 年。

12. 张中一《屈原新传》，贵州人民出版社，1993 年。

13. 刘毓庆《泽畔悲吟——屈原：历史峡谷中的永恒回响》，山西教育出版社，1994 年。

14. 毛庆《诗祖涅槃：屈原和他的诗》，三联书店，1994 年。

15. 毛庆《屈原与中华文化和民族精神》，四川大学出版社，2008 年。

16. 刘石林《汨罗江畔屈子祠》，湖南人民出版社，2003 年。

17. 彭红卫《屈原的文化人格研究》，华中师范大学出版社，2007 年。

18. 李嗲沛《屈原与《离骚》研究》，内蒙古人民出版社，2009 年。

19. 聂石樵《屈原论稿》，中华书局，2010 年。

20. 方英敏《屈原》（大家精要），云南教育出版社，2011 年。

21. 金道行《我看香草美人——对屈原的精神分析》，长江文艺出版社，2012 年。

22. 龚红林、何轩《屈原文化版图考》（屈原文化研究丛书），南京大学出版社，2017 年。

23. 钟兴永主编《屈原与岳阳综论》（屈原文化研究丛书），南京大学出版社，2017 年。

24. 吴茂明《屈原精神研究通论》，团结出版社，2020 年。

25. 龚红林《屈原精神传承接受史论》，中华书局，2021 年。

26. 〔美〕施耐德《楚国狂人屈原与中国政治神话》，湖北教育出版社，1990 年。

27. 〔日〕大宫真人《屈赋与日本公元前史》，海南出版社，1994 年。

28. 湖北省社会科学院文学研究所《屈原研究论集》，长江文艺出版社，1984 年。

29. 杨慎之主编《屈原与中国和世界文化》，湖南出版社，1992 年。

30. 江陵县地方志办公室编《屈原生地论集》，武汉工业大学出版社，1994 年。

31. 褚斌杰、张忠民等编《屈原研究论集》，湖北美术出版社，1999 年。

32. 褚斌杰编《屈原研究》，湖北教育出版社，2003 年。

33. 侯文汉主编《屈原故里研究》，中国戏剧出版社，2012 年。

34. 罗杨主编《端午与屈原：中国端午节俗与屈原文化学术研讨会论文集》，中国社会出版社，2016年。

35. 张立群主编《屈原精神的价值与传承》，社会科学文献出版社，2019年。

十、宋玉专题研究

1. 袁梅《宋玉辞赋今读》，齐鲁书社，1986年。

2. 朱碧莲《宋玉辞赋译解》，中国社会科学出版社，1987年。

3. 张端彬《楚国大诗人宋玉》，海峡文艺出版社，1990年。

4. 金荣权《宋玉辞赋笺评》，中州古籍出版社，1991年。

5. 高秋凤《宋玉作品真伪考》，（台）文津出版，1999年。

6. 吴广平编《宋玉集》，岳麓书社，2001年。

7. 吴广平《宋玉研究》，岳麓书社，2004年。

8. 刘刚《宋玉辞赋考》，辽海出版社，2006年。

9. 刘刚《宋玉研究资料类编》，商务印书馆，2015年。

10. 刘刚《宋玉批评史论稿》，辽海出版社，2016年。

11. 江从镐《宋玉考释》，岳麓书社，2014年。

12. 熊人宽《屈原宋玉与荆楚历史》，学苑出版社，2019年。

13. 程本兴、高志明、秦军荣主编《宋玉及其辞赋研究：2010年襄樊宋玉国际学术研讨会论文集》，学苑出版社，2010年。

14. 李鹜主编《宋玉及其辞赋研究：第二届宋玉国际学术研讨会论文集》，学苑出版社，2016年。

15. 金荣权、姚圣良主编《宋玉新论：第三届国际宋玉学术研讨会论文集》，河南人民出版社，2017年。

16. 吴广平主编《中外学者论宋玉》，湖南人民出版社，2016年。

十一、楚辞文学/美学研究

1. 毛庆《屈骚艺术新研》，湖北人民出版社，1990年。

2. 杨义《楚辞诗学》，人民出版社，1998年。

3. 杨义《屈子楚辞还原》，中国社会科学出版社，2016年。

4. 范正声《屈赋创作论》，中国文联出版公司，2000年。

5. 张炜《楚辞笔记》，江西教育出版社，2000年。

6. 周苇风《楚辞发生学研究》，广西师范大学出版社，2008 年。

7. 颜翔林《楚辞美论》，中国社会科学出版社，2012 年。

8. 鲁瑞菁《楚辞骚心论：讽谏抒情与神话仪式》，上海书店出版社，2016 年。

9. 郭建勋《汉魏六朝骚体文学研究》，湖南教育出版社，1997 年。

10. 郭建勋《楚辞与中国古代韵文》，湖南师范大学出版社，2001 年。

11. 黄凤显《屈辞体研究》，湖南人民出版社，2002 年。

12. 孟修祥《楚辞影响史论》，湖北人民出版社，2003 年。

13. 祁国宏《唐代文学屈宋接受研究》，阳光出版社，2019 年。

十二、楚辞文化人类学／神话学研究

1. 钟敬文《楚辞中的神话与传说》（《钟敬文全集》），高等教育出版社，2018 年。

2. 陈炳良《神话·礼仪·文学》，（台）联经出版事业公司，1985 年。

3. 萧兵《楚辞与神话》，1987 年。

4. 萧兵《楚辞新探》，天津古籍出版社，1988 年。

5. 萧兵《楚辞文化》，中国社会科学出版社，1990 年。

6. 萧兵《楚辞的文化破译——一个微宏观互渗的研究》，湖北人民出版社，1991 年。

7. 萧兵《楚辞与美学》，（台）文津出版社，2000 年。

8. 林河《九歌与沅湘民俗》，上海三联书店，1990 年。

9. 戴锡琦《屈骚风景线》（《楚辞新说·屈骚新译》），山西高校联合出版社，1994 年。

10. 李炳海《部族文化与先秦文学》，高等教育出版社，1995 年。

11. 赵辉《楚辞文化背景研究》，湖北教育出版社，1995 年。

12. 邱宜文《巫风与九歌》，（台）文津出版社，1996 年。

13. 过常宝《楚辞与原始宗教》，东方出版社，1997 年（或中国人民大学出版社，2014 年）。

14. 江林昌《楚辞与上古历史文化研究——中国古代太阳循环文化揭秘》，齐鲁书社，1998 年。

15. 黄碧琏《屈原与楚文化研究》，（台）文津出版社，1998 年。

16. 张树国《乐舞与仪式：宗教伦理与中国上古祭歌形态研究》，天津古籍出版社，2003 年。

17. 余琳《诗经楚辞与礼俗》，暨南大学出版社，2017 年。

18. 张正明《楚文化史》，上海人民出版社，1987 年。

19. 何光岳《楚源流史》，江西教育出版社，2005 年。

20. 黄中模、王雍刚主编《楚辞与苗文化》，西南师范大学出版社，1996 年。

21. 罗义群《苗族文化与屈赋》，中央民族大学，1997 年。

22. 向邦平《民族交往交流交融中的楚辞与土家文化研究》，学苑出版社，2021 年。

23. 〔日〕藤野岩友：《巫系文学论：以《楚辞》为中心》，重庆出版社，2005 年。

十三、楚辞词汇 / 语法 / 修辞研究

1. 袁梅《楚辞词典》，山东教育出版社，2000 年。

2. 赵逵夫《楚辞语言辞典》，上海辞书出版社，2014 年。

3. 徐仁甫《楚辞文法概要》，中华书局，2014 年。

4. 廖序东《楚辞语法研究》，商务印书馆，2006 年。

5. 胡力文《离骚语法研究》，中国文史出版社，2007 年。

6. 罗英风《诗经楚辞补释及其他——语法训诂论集》，花城出版社，2011 年。

7. 梁文勤《屈赋的语言世界》，宁夏人民出版社，2013 年。

8. 姚守亮《宋玉辞赋语法修辞研究》，湖北人民出版社，2015 年。

9. 黄建荣《楚辞训诂史》，高等教育出版社，2015 年。

10. 钱智勇、徐晨飞《楚辞文献语义知识组织研究》（东亚楚辞整理与研究丛书），南京大学出版社，2020 年。

十四、楚辞考古 / 出土文献研究

1. 裘锡圭《裘锡圭学术文集》，复旦大学出版社，2012 年。（以裘先生文集代表古文字学者校读楚辞之系列成果）。

2. 汤漳平《出土文献与楚辞九歌》，中国社会科学出版社，2004 年。

3. 黄灵庚《楚辞与简帛文献》，人民出版社，2011 年。

4. 江林昌《考古发现与文史新证》，中华书局，2011 年。

5. 张树国《楚骚·谶纬·易占与仪式乐歌 西汉诗歌创作形态与《诗》学研究》，清华大学出版社，2017 年。

6. 张树国《出土文献与上古历史文学研究——以楚史及屈赋为中心》，人民出版社，2018 年。

7. 周建忠《屈原考古新证》（紫琅楚辞学研究丛书），中华书局，2020 年。

8. 曹锦炎《上海博物馆藏战国竹书楚辞笺注》，上海古籍出版社，2021 年。

9. 徐广才、张秀华《考古发现与楚辞新证研究》，中国社会科学出版社，2021 年。

十五、域外楚辞研究

1. 徐志啸《日本楚辞研究论纲》，学苑出版社，2004 年（或福建人民出版社，2015 年）。

2. 郑日男《楚辞与朝鲜古代文学之关联研究》，人民出版社，2012 年。

3. 徐毅、贾捷、陈慧编纂《韩国古代楚辞资料汇编》（东亚楚辞整理与研究丛书），南京大学出版社，2017 年。

4. 陈亮《欧美楚辞学论纲》（紫琅楚辞学研究丛书），中华书局，2020 年。

十六、楚辞外译研究

1. 孙大雨《屈原诗英译》，上海三联书店，2020 年。

2. 杨宪益、戴乃迭译《楚辞选》，外文出版社，2004 年。

3. 许渊冲《许渊冲文集》第四卷，海豚出版社，2013 年。

4. 许渊冲《许渊冲译楚辞》，中译出版社，2021 年。

5. 陈器之译《楚辞（汉英对照）》（大中华文库），湖南人民出版社，2006 年。

6. 洪涛《从窈窕到苗条：汉学巨擘与诗经楚辞的变译》，凤凰出版社，2013 年。

7. 严晓江《楚辞英译的中国传统翻译诗学观研究》，商务印书馆，2017 年。

8. 张娴《楚辞英译研究：基于文化人类学整体论的视角》，中国社会科学出版社，2018 年。

9. 郭晓春《楚辞在英语世界的译介与研究》，中国社会科学出版社，2018 年。

10. 段友国、何赟、张文勋《翻译美学视野下的楚辞英译研究》，冶金工业出版社，2019 年。

11. 王靓《《离骚》在俄罗斯的翻译与研究》，吉林大学出版社，2018 年。

十七、楚辞图像研究

1. 周殿富选编，陈洪绶等《九歌图七种古注今译》，安徽人民出版社，2013 年。

2. 萧云从《离骚图》，上海古籍出版社（或浙江人民美术出版社、山东画报出版社）。

3. 沙鸥《萧云从版画研究》，黄山书社，2018 年。

4. 何安静《萧云从《离骚图》及《太平山水图》研究》，湖南美术出版社，2020 年。

5. 何继恒《中国古代屈原作品及其图像研究》（紫琅楚辞学研究丛书），中华书局，2020 年。

6. 罗建新《历代楚辞图像文献研究》，中华书局，2021 年。

十八、楚辞音乐研究

1. 梁志锵《诗经与楚辞音乐研究》，上海古籍出版社，2010 年。

2. 董静怡《先秦南北方音乐文化分野下的诗经楚辞研究》，苏州大学出版社，2017 年。

3. 刘栋梁、李巧伟、孙霞著《屈原音乐美学思想及其当代价值研究》，西安交通大学出版社，2017 年。

4. 朱益红编著《离骚琴曲集成》（南京大学出版社），南京大学出版社，2017 年。

十九、楚辞名物 / 地理研究

1. 潘富俊《楚辞植物图鉴》，上海书店出版社，2003 年（或九州出版社，2018 年）。

2. 周秉高《楚辞原物》，内蒙古大学出版社，2008 年。

3. 赵倩《诗经和楚辞植物考》，中国环境科学出版社，2015 年。

4. 汤洪《屈辞域外地名与外来文化》，中华书局，2016 年。

二十、楚辞研究论文集 / 刊物

1. 《楚辞研究论文集》，作家出版社，1957 年。

2.《楚辞研究》，哈尔滨师范大学《北方论丛》编辑部编印，1983 年。

3.《楚辞研究》辽宁省文学学会屈原研究会、辽宁师范大学编印，1984 年。

4. 杨金鼎《楚辞研究论文选》（楚辞研究集成），湖北人民出版社，1985 年。

5. 中国屈原学会编《楚辞研究》，齐鲁书社，1988 年。

6. 黄中模主编《楚辞研究与争鸣》，团结出版社，1989 年。

7. 汤炳正主编《楚辞研究》，北京文津出版社，1992 年。

8. 方培成主编《楚俗研究》第 1 至 3 辑，湖北美术出版社，1993-1999 年。

9. 中国屈原学会编《中国楚辞学》第 1 至 30 辑，学苑出版社，2002 年至 2021 年。

10. 彭柏林、杨年保主编《屈原研究三十年：《云梦学刊》"屈原研究"栏目论文选萃》（屈原文化研究丛书），南京大学出版社，2017 年。

11. 余崇生编《楚辞研究论文选集》，（台）学海出版社，1985 年。

附录四　游国恩与姜亮夫楚辞
研究比较

曹建国

　　游国恩、姜亮夫先生都是 20 世纪的著名学者，一生中对中国的传统学术都有广泛的涉猎，尤以《楚辞》研究为著名，而且他们一生都从事教育工作，桃李满天下，培养了众多的楚辞研究人才，对 20 世纪的楚辞研究都产生了很大的影响。从这个意义上来说，比较总结他们的楚辞研究，无异于是给 20 世纪的楚辞研究做一个总结，对今后的楚辞研究也会有积极的借鉴意义。

一

　　游国恩先生（1899-1978）是著名义学史家和古典文学研究专家，一生涉猎广泛，自学面极广。自先秦诸子，迄近代诗文均有精深独到的研究和见解。其对西南文献和汉魏六朝诗文，用力颇大，也成就斐然。有《火把节考》、《说洱海》、《南诏用汉文字考》、《文献中所见西南民族语言资料》、《柏梁台诗考证》、《论陌上桑》、《论吴声歌曲中的子夜歌群》等，作为文学史家游氏主编的四卷本《中国文学史》更是影响深远，抚育了一代代学子。当然，作为楚辞研究的集大成者和新楚辞学最成功的实践者之一，游国恩最大的学术成就就应首推其楚辞研究。游氏是 20 世纪研究楚辞时间跨度最长的著名学者，在长达半个多世纪的学术生涯中，他以楚辞研究始，又以楚辞研究为其终身孜孜不倦的追求。他的关于楚辞学的著作不但数量大，而且几乎涉及到了楚辞学研究的各个方面。自 1924 年出版《楚辞概论》起，一生中关于楚辞学的研究著作，既有《楚辞概论》《读骚论微初集》《屈原》《楚辞论文学》《游国恩学术论文集》，以及凝聚其毕生心血的《楚辞注释长篇》。

游国恩的楚辞研究受到两个人的影响比较大，一是胡适，二是王国维。胡适一生讲求学理，重视方法，有"大胆的怀疑，小心的求证"这一十字箴言。具体说就是，一是训诂的方法，用小心求证的态度对字义及文法进行注释。具体操作是指用归纳比较的方法，二是要大胆怀疑2000年来的旧说，用社会学的、历史学的、文学的方法重新解释。胡适也是近代较早提倡用社会学方法来研究中国传统文化的人。

王国维则提出"二重证据法"，即，将出土文献与传世文献相参比进行研究。这两种方法。都曾给游国恩的楚辞研究以巨大的影响。游氏是在北大完成的大学教育，亲身感受到北大那种"兼容并包"的学术氛围，自不能不受其影响。自缪继平发表《楚辞新解》《楚辞讲义》以来，关于屈原的有无，在学术界引起争议。1922年，执教于北大的胡适在《努力周报》的增刊《读书杂志》上发表《读楚辞》一文。此文中，胡适本着"大胆的假设，小心的求证"的方法，对《史记——屈原列传》提出了七大疑问，认为《屈原列传》叙事不明，屈原只是一个文学的箭垛子，一个伦理的箭垛子。屈原只是25篇楚辞的一部分的作者，号召把"屈原的传说"推翻，把楚辞由一部忠臣的教科书还原为文学的。他还认为，《天问》全无文学价值。至于《九歌》他认为跟屈原毫无关系，是湘江的民间舞歌。

在今天看来。游氏的楚辞研究明显受到了胡适的影响，这一点在他的第一部楚辞研究著作《楚辞概论》中表现非常明显。由此，在1924年读大学二年级时即着手写《楚辞概论》，1926年，该书由北新书籍出版。该书从文学的、历史的角度，用综合的方法，以发展的眼光对楚辞进行了全面而系统的研究，比如楚辞的渊源、产生楚辞的社会原因等。同时又对楚辞中一些诗篇的真伪，如《大招》《远游》做了考证。正如陆侃如在给该书所做的《序》中称赞的"历史的方法和考据的精神便构成此书的价值"，而这恰恰都是胡适所极力提倡的。同样受胡适的影响。他对《天问》的文学性价值评价也较低，而且他也认为《九歌》与屈原没关系。

后来，游氏对此有修正，依从了朱熹的看法，仍旧相信屈原曾对《九歌》进行过改造。1937年游国恩的第二部楚辞研究著作《读骚论微初集》由商务印书馆出版。全书包括专论九篇、细目凡22，均为对古今聚讼问题之定实。在具体的研究上，他一面继续运用综合方法进行研究，如《论九歌山川之神》，分别考论湘君、湘夫人、山鬼、河伯，以民俗学材料相比照，在证之以文献资料得出结论，颇具说服力，同时受到了王国维的启发，运用"二重证据法"来对楚辞，尤其是《天问》进行研究。文集中的《天问启棘宾商九辨九歌何勤子屠母而死分竟地解》《天问古史证》等都是综合运用传世文献与出土甲骨金文、汉晋简牍等文物，使《楚辞》与古史二者互证，体现了王国维的治学思路。

姜亮夫先生（1902-1995）也是蜚声海内外的国学大师。姜氏早年求学于清华国学院，亲炙王国维、梁启超、陈寅恪等人的教诲，后又问学于国学大师章太炎，主攻历史与语言学，通文字、音韵、训诂，打下了深厚的国学功底。1935 年，姜氏留学巴黎学习考古学，并广泛涉猎西方文化人类学理论。中西学术的双重视野为姜氏以后的楚辞研究做了充分准备。

姜氏的楚辞学研究，肇端于其"诗骚连绵字考"，这是他在王国维指导下完成的清华国学院毕业论文。他奠定了姜氏楚辞研究的一个重要学术特征：以语言为中心。在此后几近 70 年的楚辞研究中，他始终抓住这一点不放。求学中西的经历，使得姜氏以语言为中心治楚辞时，能突破传统的小学，而从词汇、句法、章法等语法方面对楚辞进行研究。比如他的《九歌》"兮"字用法释例，从形式、字义、用法等方面论证了《九歌》中"兮"字，正是"语义精神之所寄"，尤其是他的《屈原赋校注》（后经修订，改名为"重订屈原赋校注"），更是体现了他重视从语法着手进行楚辞研究的学术特色，并时有创获。如他从句法分析入手，证明《九歌》经过屈原的润饰。他分析《天问》之"登立为帝，孰道尚之？女娲有体，孰制匠之？"一面从文献及考古发现入手，证明"女娲为女帝，实主生化，盖南土民间之遗说"。一面从文法比较入手，以此四句与"咸播秬黍"四句，及"天式纵横"四句文法相同，"皆将主句倒置段末，从而将这四句为"女娲有体，孰制匠之？登立为帝，孰道尚之？"这样就词义皆顺了。类似的例子在该书中颇多。

姜氏还自觉的以发展的眼光对待。他认为一个概念就"语言学立场论有本义，有变义，而此本变之原因，则时代发展之使然。此固语言发展之常态"。"白语言言有二义，（一）谓解释文词以驰骛语言学规律，务使形、音、义三者无缺误。（二）谓历史事象所借以表达之语言，必使与史实之发展相协调，不可有差失矛盾。"并以之来考察屈原思想。例如，他在解释屈原的"天道"观时，就详细地考察了先秦时"天""天命"等词义的变迁，再结合屈原赋中的"天命""天德"等词的含义来说明屈原的"天道"观的内容。

当然，姜亮夫研究楚辞更重视从史的角度入手，尤其是楚史与楚辞结合考古发现，证明楚史、楚文化与以儒家学说为中心的北方文化不同，从骨子里说，体现的是王国维先生的治学精神。但直接的诱因则来自刘师培。刘师培 1905做南北文化不同论，论述楚辞与诗经应分属两个不同的文化体系，受其启发，早在 1933 年，姜氏就在《民族杂志》上发表了《夏殷民族考》，该文以详细的文献资料及考古资料论证了夏殷两民族的所处地域、民族特性，以及他们的融合过程，认为周、吴、越、楚、匈奴为夏民族的后裔，当周民族在黄河流域兴起的时候，楚民族已南下云梦，并与三苗土著文化相融合。籍此，他揭橥了为什么屈赋中保留了那么多古夏族与长江流域土著文化，而与周人礼乐文化不同，从而较为圆妥地解释了屈赋中的一些问题。比如儒家文化最重五伦，而屈原最重义，其道德条目以"耿介"为最高，偶然言及礼信。为什么"伍员暴楚"屈原仍对其称赞不已。这是因为楚人较多地保有氏族组织之基调，与周人的宗法制度不同。

后来姜氏写有《三楚所传古史与齐、鲁、三晋异同辨》、《楚文化与文明点滴钩沉》，以及《楚辞通故》，着力建立他的楚学与北学不同的体系论，并将之与民俗学、社会学等学科联系起来进行楚辞研究，成效卓著，与他的《说高阳》、《为屈子庚辰日生进一解》，均可谓二十世纪楚辞研究的名文。姜氏的南、北学不同的观点得到了越来越多的考古证明，如长沙子弹库楚帛书里的思想与《天问》同，长沙马王堆楚帛画及其题记与《九歌》相吻合。

总之，姜氏是以语言、历史为核心，再结合以其他学科知识，用综合研究的方法进行楚辞研究。对此，他本人也多次言及，他说："要之，以语言及历史为中心，此余数十年根株之所在。""欲证史、语两者之涉，自本体本质，又不能说明者，于是而必须借助于其他学科乃能透达，故往往一词、一文之标举推阐，大体综合社会诸科，乃觉昭晰。"在其九十大寿时，再次重申其治学秘诀云："我是以人类文化学为猎场，以中国历史为对象，用十分精力收集资料，然后以古原始的传说，以语言学为基本武器，再以美国摩尔根的《古代社会》和法国毛利《史前人类》的一些可信据的结论为裁决基础，又时时与自然科学相协调，这是我做学问的秘诀。而抓住一个问题死咬住不放，是我的用力方法。"

二

　　游、姜二人都是楚辞研究的大家，而且都讲求用综合方法进行楚辞研究。但细细推绎就会发现，他们对屈原及楚辞理解却存在诸多差异。今撮其要：

　　关于屈原生平游国恩在《楚辞概论》中曾以一章的篇幅为屈原写了一个略传，并附有年表。到了《读骚论微初集》，游氏针对钱穆的《楚辞地名考》，写了一篇五万字的长文《论屈原之放死及楚辞地理》，在清代林云铭及蒋骥研究的基础上，把《史记》《新序》等书中的屈原史料和屈原作品结合起来，对屈原的放死做了详细的考察，提出了"见疏"、"初放"、"再放"说。由于张仪及上官的诬陷，怀王十三年见疏；怀王二十四年初放，地点在汉北；顷襄十三年，屈原被"再放"，地点在陵阳。他认为《离骚》之作在顷襄王朝再度被放时，其举证是《离骚》的诗句，而不依《史记》，并云："从前注《离骚》者，但见《史记》本传于'王怒而疏屈平'之后，即接叙屈原忧愁幽思而作《离骚》，遂多谓《离骚》作于怀王朝，那时屈原尚未被放。这是由于拘泥《史记》本传，没有注意《离骚》本文，其实是不对的。"可以看出，游氏利用前人的研究成果，尤其是蒋骥的陵阳为地名说，再依据屈原的作品本身提供的线索，对屈原被放的时、地及线路作了考索。

　　而姜亮夫关于屈原的生平则有《史记屈原列传疏证》及《屈原事迹续考》两文。他认为汉时刘向、东方朔、王充等说屈原皆不足取，"独司马迁所为原传，列布史实，差得其真，与史实相表里，读者便之"。故其说屈原事迹，主要依据《史记屈原列传》。他基本上接受传统的说法，即屈原一生仅一次见放，事在顷襄王朝，屈子仅是见疏，被疏后，屈子有汉北之游。关于《离骚》之作，姜亮夫认为非一时完成，其始于壮年，其时屈子年三十二三，第一次被谗见疏，而《离骚》中多伤老叹逝，缅怀往迹之语，非壮仕之年所当有。且一时暂绌，非必永废，即有冤屈何致忿怼？以屈子忠淳之怀，宜不致躁急若是。则《离骚》之成，当在晚年无疑。

　　关于屈原的思想1931年，游国恩在《武汉大学文哲季刊》上发表《屈赋考源》，对屈赋的来源及屈原的思想作了新的阐释。此前的《楚辞概论》从北方义学、南方文学、楚地文化等不同角度讨论了屈赋的文学起源。这篇文章则着重从思想角度探讨屈原赋的来源，提出了屈赋四大观念之说，即宇宙观念、神仙观念、神怪观念、历史观念，指出屈原的这四大观念来源于战国时期的阴阳家和道家。而楚国本土文化和齐国文化也是四大观念的根源，即屈原与道家和阴阳家的关系。《屈赋考源》通过对《楚辞》产生及其内在思想的全面与深入的考察，来揭示屈原的思想。在游氏看来，屈原大抵可以归到道家及阴阳家一列中去的。

由于受到西学的熏陶，姜氏运用西方哲学的二分，即唯心、唯物，以及相关的哲学概念，作《屈子思想简述》《屈子天道观》等文，来阐述屈原思想。他认为，屈原是从官能作用，以求实的态度认识世界；屈原从物质的性行与变化来认识物质，既有唯物的成分，也有唯心的成分；屈原具有美政思想，他的天道观即与此有关；所以他认为"屈子政治思想，盖为'民本主义'道德范畴型态也。以其为民本，即当时民间所习闻习见之事，不背于大理立国之要道者，屈子必为之保抱扶持使之不坠，则屈子固一现实主义的思想家。"屈原是楚文化中成长起来的屈原，他在作品中只是忠实地记录以楚地的风土人情，他不囿于一家一派。姜氏反对用《汉书——艺文志》的"九流"之说来比附，把屈原当作是儒家、道家、阴阳家、神仙家、法家等等。

《楚辞》与《诗经》的关系自淮南王刘安以《楚辞》兼《国风》《小雅》之善，王逸"依经立义"来评价《楚辞》以来，《诗经》与《楚辞》的关系一直是人们关心的一个问题。这个问题非常重要，它不仅关系到对屈原及其思想的理解，更主要的是关系到对楚辞艺术特征的把握。

游国恩在《楚辞概念》中专列一章《楚辞与北方文学》来讨论这一问题。他以春秋赋诗及《汉书——艺文志》对"赋"的产生的论述作为立论背景，再以史籍中记载的楚人赋诗的材料来张目，证明楚国对中原文化的熟悉的接受，最后又从《楚辞》与《诗经》二者的形式进行比较，比如"兮"字的用法，及从《天问》到《离骚》的五个演进层次。证明《楚辞》是从《诗经》脱胎而来。在《论屈原文学的比兴作风》中，游国恩详细探讨了屈赋"比兴"作风的来源，指出屈赋"比兴"作风与《诗经》的渊源关系。辞赋与古诗的关系，自汉化以来，多有讨论。游氏也认为诗、赋同源。另外，他认为：春秋时士大夫"以微言相感"的"赋诗言志"，楚人能诗，史书数见，只有把这些联系起来考虑，屈子辞赋中的"从容辞令"、"婉而多讽"的"比兴"作风才能得到合理的解释。

而姜亮夫则不赞成这种观点。他认为屈原作品为中土南方特有之一文学，不仅形式与北方不同，其创作方法、思想表现亦大异于齐、鲁、三晋之作。其继承亦自继承楚文学之传统，与北方文学，如《诗经》等无涉。所以，在《简论屈子文学》中，姜氏强调的是屈子文学的民族性特点。针对有人认为《三百篇》里没有南方文学，试图把屈原的作品补充到《《诗经》里去的想法，姜氏认为，《诗》三百篇无楚风，因为楚风之遣词定调与十五国风悉不相同。"《三百篇》者，周家诗乐语音也，其体缠绵重沓，故以"温柔敦厚"状之情实在虚。而《侯人》、《越人》之歌，篇章单行，语句明快，多五言、七言，至屈、宋而褒然为一大流，其流汪洋自恣，上天下地，远通域外，覃及鬼神，神天神地，生天生地，语楚语也，调楚调也，习楚习也，事楚事也，史楚史也，无一而非楚。其方国种性之刚烈，其气象，其言语，其情调，皆与《三百篇》不同。《三百篇》者，河岳英灵之作，屈宋赋者，江汉南金之文，其情实两易，则两不相涉者，其正也。"之语屈赋种"赋比兴"手法的运用，也与《诗经》不同。姜氏认为屈原最重赋，故汉人称屈原文为《屈原赋》。至比兴两端，则屈子用比者，最为具象。"而《诗经》比兴，视屈子相去甚远，此可能北士重实际，不尚浮语，故其文朴，近乎拙。南士思理放达，能委曲以尽其变，故其使用语言最为灵活。至兴一体，屈赋中实至稀少。"从语言角度论屈赋与《诗经》之别，他认为"世之论者，以为屈原承《诗经》之后，语言进步，故其文繁矣，此不考方俗差别，徒以进步为空论。

三

　　讨论了游、姜二人对屈原及楚辞理解的差异。我们不禁要追问，为什么游、姜二人对屈原及楚辞理解存有如此大差异呢？我们认为，导致这种不同的主要原因是切入视角的差异所致，及屈原及屈赋与南北文化的关系。屈原与北方文化有关系，这一点毋庸讳言，从他的博闻强志以及他曾两次出使齐国，我们很容易想到这一点，但他同时更应该受到了本土文化的浸润。单纯地强调某种影响而有意无意地忽略其他，得出的结论都是不全面的，甚至是畸形的。自刘安、司马迁以至班固、王逸，他们对楚辞及屈原的解释，都是放在北方儒家文化中进行的，这其中固然有一个从不自觉到自觉的过程，并且有经学的参与，但它却是自汉代以来楚辞阐释的主流。尽管人们认识到楚文化与北方文化不尽相同，注意到它独特的生成背景，但人们总是在有意无意当中去忽视或掩饰这种差异，人们所强调的或关注的只是一个楚人"重巫鬼""淫祀"的问题，而在其他方面，则尽可能地去求其同。从这个意义上来说，胡适当年说屈原只是一个"箭垛子"，也不无道理。因为胡适并非是要否定屈原的存在，而是要剥离几千年来后人加在屈原身上的"雕琢"和"陈腐的铺张"而已。

　　"五四"以来，随着"科学"的输入，人们强调用"科学"的方法重新认证传统学术。而那时人们对"科学"的理解，一为求真的态度，二为以历史为核心的综合方法。具体到楚辞研究，无论是求真的精神，还是以历史为核心的综合方法，在对屈原及以其为代表的《楚辞》做出重新解释的时候，都存在一个文化视角的问题，要么是北方的，要么是南方的。"北方的"是把屈原及其楚辞创作放在一个大文化背景中去观照，强调南北文化在其中的融合与冲撞，把屈原的《楚辞》看成是一种合力的结果。而"南方的"则是把屈原放在楚文化中去观照，强调《楚辞》独特的生成背景。事实上，"北方的"与"南方的"这两种观察视角，是一种互为逆向的求同与求异关系。

　　从这个意义上来说，游国恩的楚辞研究，可以算是"北方的"视角。除了从音乐、地理、民俗、宗教的角度研究楚辞外，他特别注意建立起楚辞发展的历史观念，即认为楚辞曾受到北方文学特别是《诗经》的影响，是我国上古文学发展的合乎逻辑的结果。这就是为什么在讨论屈赋的文学性时，游国恩常紧抓住"比兴"来谈的原因。因此，他认为，"屈赋"的这种作风，他的来源与古诗有关。与古者诸侯卿大夫相交接，聘问歌咏诗的'微言相感'有关"。也就是说，是对《诗经》的直接继承。这可以说是一个立足北方文学的"求同"的过程。1943 年，游国恩在西南联大作《论楚辞中的女性问题》的演讲，提出"以女性为中心"的楚辞观。他说，"文学用女人来做比兴的材料，最早是《楚辞》。它的比兴材料，虽不限于女人，但女人至少是其中重要的材料之一。所以我国文学首先与'女人'发生关系的是《楚辞》，而在表现技巧上崭新的一大进步的文学也是《楚辞》。"游氏的"楚辞女性中心说"是二十世纪楚辞研究的著名论点，影响深远。究其实，其谈的仍是楚辞对《诗经》的继承与发展的问题，只不过游氏说得更精致而已。

　　而姜亮夫的可以算是"南方"的视角。姜氏综合研究有一个前提，即研究屈原与楚辞始终不脱离楚文化这一独特的文化背景。早在 20 年代，他就某一个方面孤单深入的片面性提出了"个别分析，综合理解"的方法论。他的研究实际是一个立足南方的"求异"过程。他把屈赋中所表现出来的与北方文化的差异一点一点地找出来，再综合起来加以探讨，最终写成了《三楚所传古史与齐、鲁、三晋异同辨》、《楚文化与文明点滴钩沉》等文，以及他的煌煌巨著《楚辞通故》，提出他的南北文化体系不同论。在此基础上，他对楚辞中的某些问题重新作了解释。比如，楚辞中，多次出现"昆仑"，旧解多以为神仙家言，或解以浪漫主义情调。而姜氏则摈弃旧说，认为西方是楚人的发祥地，楚祖高阳氏来自昆仑，所以屈原在楚辞中言西方，言高阳，实寓含怀念故土追述先祖之意。其言自成理，不失为一种圆妥的创说。

四

正因为"求同"、"求异"的视角不同，游、姜二人的楚辞研究在继承与创新方面各有擅场。

传统的楚辞学一般把屈原及其赋放在一个大文化背景中，去探讨它与以儒家文化为代表的北方文化的关系，游氏继承了这一传统的治学思路。缘此，他十分看重前人的楚辞研究成果，善于在前人的基础上加以取舍，构建自己的楚辞学体系。比如他考述屈原生平事迹的《论屈原之放死及楚辞地理》，就利用过了清人林云铭及蒋骥的研究成果，类似的例子很多。他有感于"昔人好说《楚辞》，其书殆不下数十百种，大率习旧安常，浅薄固陋，往复其言，互为奴主，而多不肯深致其功。兼有专心壹志，勤求骚人之旨者，则寥寥希见。"故而编辑《楚辞注疏长编》，目的就是"要以博闻多识，避固陋，观会通而已。以补自己"前此所涉未广"之憾，亦以为"学子帖毕之助，且备他日抉择之资。"读他的《离骚纂义》可以看出，其大抵先纠集旧说，予以评述，然后采择某一家之说，作为自己申述的基础，取去不出此范围。

而姜亮夫先生在注重吸收前人成果的同时，则相对更注重创新。他竭力证南北文化之不同，纂煌煌巨著《楚辞通故》，其目的在于："以楚史、楚故、楚言、楚习及楚文化之全部具象，以探赜屈宋作品之真义，作为中土古民族文化之一典范。自内证得之，以遮拨数千年污枉不实之旧说。"或许正因为如此，姜氏的楚辞研究时有创获，常能新人耳目，并给人以启迪。关于这一点，我想举一个例子：

过常宝先生的《楚辞与原始宗教》一书是一部从宗教学的角度切入，对长长的生成、文本形态、及其文化功能做出了系统阐释的楚辞学研究新著，该书尤其突出强调了楚文化是楚辞生成的独特背景，认为"儒家诗教观念把楚辞视为政治性的讽喻诗，认为它从思想和艺术上都继承了《诗经》传统，这就严重地损害了楚辞本身的文化个性和审美特征。"在此基础上，他着重探讨了楚文化中原始宗教对楚辞生成的影响。该书的主体部分是《离骚祭歌模式研究》，通过比较，他考察出《离骚》在结构上呈三段式结构，这种三段式结构与以《九歌》为代表的巫术祭歌的结构是相同的，与巫祭的仪式呈平行态势，并且承担一定的宗教功能。

对此问题，姜氏也有相似的看法。在论及楚辞的构思时，姜氏认为屈原的浪漫并非是浪漫，"乃南楚民间所习闻的故事，非屈子自为创造者。"是"根柢于历史文化而为之者"，并明确指出屈原的出游时宗教性的神游，楚辞中的"降"带有宗教性。非惟如此，姜氏还发现了屈赋中一个饶有兴趣的构思公式，分为三个阶段，"其先从现实愿望出发；其次是在现实中其理想不可能实现，则远游高举以自取于神仙家言；此二者皆不可得，故又返回故都。"

通过比较，我们不难发现姜、过二人观点的相通之处，过先生应该是受到了姜先生的启发。只是相比而言，过先生的分析较姜先生的论述更明确、更精粹，而与此正可见，姜氏对后学的影响。

当然，就治学而言，继承和创新无高下之别二者理应并行不悖。游国恩、姜亮夫二人的楚辞都可以说做到了继承和创新并举，只不过相较而言有所偏重而已。在二十世纪的楚辞研究史上，《楚辞注疏长编》于《楚辞通故》可以说是两座并峙的高峰，给后人以无穷沾溉。同时，它们又是游国恩、姜亮夫二位先生研究楚辞成果的集大成，也是他二人治楚辞方法的写照。

（作者单位：复旦大学中文系）